KEITAI
SHOUSETSU
BUNKO
野いちご SINCE 2009

花嫁修業のため、幼なじみと
極甘♡同居が始まります。

言ノ葉リン

JN250131

STARTS
スターツ出版株式会社

カバー・本文イラスト／久我山ぼん

お隣さんの私の幼なじみは

「可愛い」って言うけど

「好き」とは言わなかった

だけどいつの間にか強引になって…

「俺じゃなきゃダメだって思ってよ」

　　過保護で、溺愛主義

「こんなに独占欲さらけ出してんだから、

　　いい加減気づいてくれてもいんじゃない？」

　　そんな幼なじみと期間限定で

　　同居することになりまして……

「俺の花嫁が可愛すぎて顔が緩む」

　　──欲張りで、ときどき極上に甘くて

「俺以外のこと頭ん中に入れないで」

　　──独占欲丸出し

「犯罪級に可愛いお前が悪いよね」

　　この幼なじみは、止まってくれない

「結婚するなら俺にして？」

花嫁修業のため、幼なじみと極甘♡同居が始まります。
人物紹介

音無 歌鈴(おとなし かりん)

高校1年生。音無産業会長の娘で、超がつくお嬢様。心配性の父親に婚約者を決められ、花嫁修業に出されるけれど、その先は幼なじみの蓮の家で…?

青葉 蓮(あおば れん)

歌鈴と同じ学校に通う高校1年生。口癖は「歌鈴」と言ってもおかしくないほど誰よりも歌鈴を溺愛してやまないイケメン男子で、甘いセリフで歌鈴を照れさせるのが好き。

名村 二乃
(なむら にの)

小学校からの歌鈴の親友で、クラスメイト。歌鈴のことが大好きでどんな相談も親身になって聞いてくれるが辛辣な一面も。歌鈴の護衛兼付き人である若さんの大ファン。

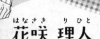
花咲 理人
(はなさき りひと)

高校2年生。花咲財閥の御曹司で、モテモテの有名人。チャラい印象があるが、父を尊敬する真面目なところもある。幼い頃にパーティで出会ってから、歌鈴のことが好き。

☆ contents

Chapter 1

最近、甘すぎる幼なじみ 　　　　　10

可愛すぎる幼なじみ【蓮SIDE】　25

俺でいっぱいになって？ 　　　　34

花嫁修業のため、同居します 　　47

危険な溺愛宣言 　　　　　　　　60

Chapter 2

イケメン御曹司に要注意 　　　　72

お味はいかが？ 　　　　　　　　81

オオカミと大胆な夜 　　　　　　90

極上に甘い休日 　　　　　　　　98

Chapter 3

婚約者の正体 　　　　　　　　110

ライバル宣言 　　　　　　　　123

さらわれた花嫁 　　　　　　　136

やっとふたりきり 　　　　　　146

Chapter 4

独占欲とわがままなキス　　160

宣戦布告　　170

誰にもあげない　　184

季節外れのハロウィンパーティー　　198

出不可避　　206

Chapter 5

未来を決めるのは　　220

我慢できない　　233

素直じゃないね　　240

結婚反対宣言　　249

誓いのキスはとびきり甘い　　261

書き下ろし番外編

未来の旦那様はもっと溺愛したい　272

あとがき　　326

Chapter 1

最近、甘すぎる幼なじみ

　秋も深まる10月。

　高校に進学して初めての中間テストが迫っていた。

　だけど、私、音無歌鈴の最近の悩みはテストではなく、幼なじみのこと。

　名前は青葉蓮くん。

　今年の春から私と同じ高校に進学した。

　隣の家に住む蓮くんとは幼稚園の頃から一緒で、私の人生のほとんどが蓮くんとの思い出ばかりだったりする。

　もうまるで家族みたいって私は思ってるんだけど、そう思ってるのは私だけかもしれない。

　……だって最近、この幼なじみの様子が明らかに変なんです。

　蓮くんってば、今日もまた寝てるのかな……？

　一度寝るとなかなか起きないし……。

　家を出た私が真っ先に向かうのは隣の蓮くんの家。

　合鍵を持たされたのは夏休みが明けてから。

　なんでかっていうと、『歌鈴の声聞かないと俺起きれないから』って……。

　それ以来、私は毎朝蓮くんを起こすことが日課になっている。

　高校進学と同時に蓮くんのお父さんは長期単身赴任が決まって、おばさんも両親の介護で他県へ行くことが多くて

大忙し。

　つまり、今蓮くんはほぼひとり暮らし状態なんだ。

　……で、朝が弱い蓮くんを起こさないと、蓮くんは簡単には起きないから、遅刻決定になっちゃう。

　断れないのは……幼なじみだからかな？

　2階建ての家の中に入って、階段をのぼるとすぐに蓮くんの部屋がある。

　──ガチャッ。

「……蓮くん？　起きてるかな……？」

　白を基調としたシンプルな広い蓮くんの部屋。

　子供の頃も、時々ここで遊んだ記憶がある。

　少し、懐かしいな。

　いつもと同じように声をかけて、蓮くんが眠るベッドへそっと近づいた。

「……」

　やっぱり反応がない。

　うん、でもこれもいつものことなんだよね。

「朝だよ。蓮くん……？」

　ベッドの前で蓮くんの寝顔をジッと見つめる。

　陽に透けたミルクティーベージュの髪はサラサラ。

　陶器のように白い肌も見てるだけですべすべなのがわかっちゃう。

　すーすー寝息をたてる寝顔さえ絵になるなんて。

　思わず見惚れちゃいそうになる。

　だけど、油断は禁物……。

だって、蓮くんは寝たフリだってお手のもの。

　これまで何度引っかかったかわからない。

「蓮くん……？」

　あれ？

　昨日は何度か名前を呼んで、顔を覗き込んだタイミングで起きてくれたんだけどな。

　あまりにも近距離すぎて、その時は私が驚いちゃったんだけど……。

　でも今日は揺さぶらないと起きないのかな？

　そう思った直後だった。

「蓮くんってば──」

「歌鈴、もっと」

「……へ!?」

　突然、グイッと手を引っ張られて、ベッドへと身体が傾いた。

　──ドサッ!

　わわっ!!

　バランスを失った身体は、蓮くんが寝ているベッドの上に倒れ込んだ。

　まさかの不意打ちに目を白黒させていると。

「もっとそばに来てよ」

「……なっ!?　蓮くんってば、もしかしてまた寝たフリ!?」

　勢いよく顔を上げれば、イタズラな瞳をした蓮くんが目の前にいた。

　大きな瞳が私を見つめて嬉しそうに緩む。

不覚にも心臓が大きな音をたてる。

蓮くんってば……。

私は、いつもいつも簡単に騙される。

「俺を起こそうとする歌鈴が可愛くて」

さらりとそんなことを言ってのける蓮くんは、クスッと楽しげに笑みをもらした。

「も、もう……っ、いきなりビックリするでしょ！」

「って言われても、もっと近い方がいいからしょうがないだろ？」

反論も虚しく、すぐに言い返される。

「今だってもう近すぎるってば……っ」

ゆっくりと上半身を起こした蓮くんの綺麗な顔があまりにも近くて、心臓がドキドキ音をたてる。

「ぜんぜん足んない。だから、明日からは上に乗っかって起こしてよ」

「えっ、蓮くんに乗る……！？」

突拍子もない発言に冷や汗でも吹き出しそうになる。

「歌鈴に見下ろされんのも好きだよ？」

「好きって、見下ろしたことないもん……っ」

「じゃあ今から試してみる？」

「するわけないでしょ……！」

こんなことを言われて、体温がぐんっと上昇する私は、どうかしてるかもしれない。

だって、相手はずっと一緒にいる幼なじみ。

なのに動揺したり、ドキドキしたり、心臓はずっと忙し

くて、休まるヒマがないのだ。

　それもこれも、ぜんぶ蓮くんのせいだよ。

　幼なじみの蓮くんの様子がやっぱりおかしいからだ。

　今までと明らかに違うんだもん。

　中学まではこんなことはなかったし、それに……。

「スカート短いんじゃない？」

　ベッドから出てきた蓮くんの視線が、私の太ももへとスライドする。

「そ、そうかな？」

　女子なんてみんなこれくらいじゃない……？

「この前から髪もおろすようになったし、それ誰に見せんの？」

　以前は胸まで伸びた髪をふたつに結っていたけど、高校生になってからはおろしてゆるく巻いている。

「誰にも見せないよ……？」

「ふーん」

　不機嫌そうな「ふーん」に、私は首を傾げる。

　中学の制服を着ていた時、こんな発言されたことはなかったんだけどな……。

「俺以外に見せないでね？」

　なのに、こういうことを平気で言ってくるようになったから、返答に困りっぱなし。

「俺以外って……」

　肩をすぼめて蓮くんに目を向けると。

「その辺の奴が欲情して歌鈴のこと押し倒したりでもした

ら、冷静でいられないから」

「な、なに言ってるの……っ、そんなことする人いるわけ
ないよ！」

「そう？　俺はいつだって押し倒したいけどね」

「……もう！　早くしないと遅刻しちゃうよ！」

　相変わらずマイペースな蓮くんは、やっと制服を手に
取った。

「着替えさせてくれてもいーんだよ？」

　今度は、私の反応を窺うように極上な顔をちょこんと傾
けてみせる。

「っ、じ、自分でしてください……っ」

　下からすくうように覗かれて、私はパッと顔を逸らした。

「いちいち可愛いなお前は」

「……っ、」

　余裕たっぷりな蓮くんとは裏腹に、私はもう蓮くんを見
ることも出来ない。

　本当に、蓮くんってばおかしいよ。

　前はからかってくることはあっても、こんな風に大胆な
ことはしなかったし言わなかった。

　なのに、高校生になってからというもの、ずっとこんな
調子なんだ。

　一体どうしちゃったのかな……。

　支度を終えた蓮くんと一緒に家を出ると、１台の黒い車
が停まっていた。

「歌鈴、いつから車通学に戻したわけ？」

「……違うよ！　私は今朝もちゃんとパパに言ったんだけ
どな……」

　ガチャッとドアが開いて、運転手さんが降りてくる。

「お待ちしておりましたお嬢様。旦那様の言いつけですの
で、お乗り頂けますか？」

　黒い髪をきっちりと整えたスーツ姿の男性は丁寧にそう
言うと、私にペコリとお辞儀をした。

　……パパってば、また運転手の若さんに頼んだんだ！

「相変わらずお嬢様だな？」

　こっちを見てフッと笑みを零した蓮くんに、私は唇をす
ぼめた。

　このスーツ姿の男性こと〝若さん〟は、私の運転手兼お
世話役で……。

　お嬢様だなんて、そんな風に自分のことを思ったことは
ないけれど。

　私のパパは音無産業の代表取締役を務めていて、そのせ
いか物心ついた時からお嬢様と呼ばれて過ごしてきた。

　蓮くんの家の隣に建つ大きな家には、お手伝いさんや
シェフが何人もいて、小学校の頃は通学班で学校へ行くの
もなかなか許されなかった。

　でも私のママはいつも『歌鈴、あなたはみんなと同じよ。
この先も謙虚な心を忘れずにね』──そう教えてくれた。

　だから、自分のことをすごいとかお嬢様だって思ったこ
とはない。

「ほんとすごいよな。家の前で運転手が待ってんの、お嬢

様って感じ」

「すごいのは私じゃなくて、パパなんだけど……」

「てか、若さんだっけ？　相変わらず１ミリの乱れもない髪型だよな」

　蓮くんがコソッと私に耳打ちして笑った。

　若さんとは、推定年齢20代後半で、私が12歳の時に見習として音無家へやってきた。

　今じゃ"ベテラン勢"なんて、メイドさんがふざけて話してたっけ。

　私が、子供の頃から変わらない、まるで海苔でもはっつけたようなこの髪型……。

　イケメンなのにもったいない……。

「もちろんでございます。髪の乱れは心の乱れ。しかし、わたしのことはお気になさらず」

　き、聞こえてたんだ。

　さすが地獄耳……。

　すると、淡々とした口調で答えた若さんは、一歩蓮くんへと近寄った。

「青葉様。一言だけよろしいですか？」

　私と蓮くんがキョトンとした顔をしていると。

「この距離はなんとも近いです‼　数年前から申し上げておりますが、お嬢様とは適切な距離を保って頂かなくては困ります‼」

　すんごいジェスチャー付きで蓮くんに釘をさした……。

「この豹変ぶりも相変わらず健在ってわけか」

なんて蓮くんは涼しげにかわしてくれるから、若さんの眉間のシワが深くなった。

　……若さんは前からこうして、私の付き人として常に近くにいるのだ。

　それはもちろんパパの命令で。

「ささっ、すぐに適切な距離をとってくださいね」

　そしてこの若さん相手にも全く動じないのは蓮くんだけで……。

「適切って言われても、どんくらいが適切なわけ？」

　れ、蓮くん……っ!?

　若さんの眉がピクリと動いた。

「……ほお。適切の意味がわかりませんか？　ただちに５メートル後ろへお下がりください」

「どこが適切なんだよ……」

　ホント、相手を確認出来ないほどの距離だよ……。

　って、そうじゃなくて。

「あのっ！　若さん……！　パパには私から話しますので、これからは歩いていきます！」

　このやり取りも何度目かわからないくらい。

「しかし、それでは旦那様のご心労が……」

「大丈夫です……！　なんとか説得して、パパにはわかってもらいますので……」

　パパの心配性は尋常じゃないくらいなのだ。

　だからこうして、断っても断っても若さんを私につけようとする。

Chapter 1 >> 19

「納得とはいきませんが、お嬢様の主張ですので受け入れるしかありませんね……」

「ありがとうございます、若さん!」

「とんでもございません。車を移動した後、わたしも徒歩で後ろからお供致しますので」

「……」

　うん、やっぱり今日パパが帰ってきたらまた説得しなきゃ……。

「問題ない。約2メートル先にお嬢様の姿を確認中だ。チームBはその場で待機するように」

　チームBとは戦術チーム。要は護衛だ。

　……私、もう高校生なんだけどな。

　後ろから大股歩きでついてくる若さんの声が気になるけれど、私と蓮くんはようやく学校へと歩き出した。

「ぶ。あんな調子じゃ歌鈴に彼氏出来てもついてくんじゃないの?」

「うぅ……」

「で、お前にキスなんかしたら圭吾さんに埋められそー」

　圭吾さんとはパパのこと。

　家族ぐるみの付き合いもあって、蓮くんはずっとそう呼んでいる。

「キス……って、そんな心配……いらないよ」

　そもそも彼氏だなんて出来るかもわからないし。

　それに今は蓮くんと過ごす日々が私にとっての幸せっていうか……。

変わらない日々が嬉しいって感じるんだ。

「心配いらないって、なんで？」

「だって……」

　ピタリと足を止めると、こちらを振り返った蓮くんの大きな瞳と目が合った。

「蓮くんだって、知ってるくせに……」

　高校を卒業したら、私が婚約させられるってこと。

　パパが決めた相手と、私は婚約するように言われている。

　子供の頃から心配性なパパ。

　8歳の頃、言いつけを守らないで学校からひとりで帰った時、誘拐されそうになった。

　それ以来、パパの心配性に拍車がかかった。

　その婚約相手が誰なのかもわからない。

　だけど、若さんの情報によれば、もうその話は動き出しているみたい……。

　本音を言えば、将来のことは自分で決めたい。

　婚約なんてもっと先のことだって思っていた。

　それに、私が好きなのは……。

　隣を歩く蓮くんをチラッと見る。

　鼓動は正直に反応して、トクンと音を鳴らす。

　私は子供の頃からずっと、蓮くんのことが好きだ……。

　だから、好きでもない人と婚約するのは嫌だって思う。

　でも、パパが私を心配してくれていて、愛してくれてることが伝わるから、異を唱えることはしなかった。

　パパには安心してもらいたいから……。

Chapter 1 >> 21

「考えただけで気が狂いそう」

　はぁっと溜め息をつきながら、長い前髪をくしゃりと掴んだ蓮くんの声に我に返った。

「蓮くん……？」

「幼なじみでいられんのも今のうちってことでしょ？」

「……えと、私と蓮くんは、何があっても幼なじみだよ？」

　タイムリミットまでは蓮くんとの思い出をもっと残したいって思ってる。

「そう思っても、あと数年後にはどこの男かもわからない奴に歌鈴のこと奪われんだろ」

　蓮くんの声が固くなった気がした。

「パパが決めたことだから……でも……幼なじみだから、蓮くんと会ったり、話したり今までみたいに──」

「そんなこと、許されると思う？」

　いつになく真剣味を帯びた声に、蓮くんから目が離せなかった。

「俺以外の男のこと考えんなよ」

　真っ直ぐに私を見つめた瞳に、ドキッと心臓が跳ね上がった。

「……っ、最近、蓮くん変だよ……」

　こんなセリフを言ってくるなんて。

「おかしいかもな？　自分でもヤバいって思ってる。寝ても覚めても歌鈴のことばっかり考えて重症なくらい」

　さらにそんなセリフを吐かれたら、私はどうしたらいいかわからない。

「俺だけのものにしたくてたまんない」

　蓮くんが私の目の前まで近づいた。

「か、からかってるんでしょ……私の反応見て、それがお
かしいから……」

　今まで絶対にこんなことなかった。

「本気だよ。お前のこと誰にも渡す気ない」

　揺るぎない蓮くんの瞳は真剣そのものだった。

「だから覚悟ならとっくに出来てるよ」

「……覚悟？」

「──お前を溺愛して止まない圭吾さんに埋められる覚悟」

　意志のこもった蓮くんの声がやけに近くで聞こえて。

　あっ……と思った時には視界に影が出来て、蓮くんの骨
ばった指が私の頬に滑り込んできた。

「だから、俺じゃなきゃダメだって思ってよ」

　そして、瞬きをする間もなく、唇を塞がれた。

「ん……っ、」

　何が起きてるのかわからなかった。

　ギュッと腕を掴まれて、蓮くんの唇の感触に頭がくらく
らして、立っているのが精一杯。

「可愛すぎ」

「……蓮く……っ、」

　ほんの少し唇を離すと、蓮くんは吐息混じりに声を落と
した。

　だけどその時、ガツンッ！と背後から何かを落とす音が
聞こえた。

「きっ、貴様ァァァァ──！　お嬢様に何をしている!!」

　スマホを落とした若さんの怒号に、ビクリと身体が飛び
跳ねた。

「もう逃げらんねぇな、俺」

「蓮くんのバカ……っ」

　自嘲気味な笑みを浮かべた蓮くんから離れると、私はそ
の場を駆け出した。

「チームＢ!!　今すぐ森の奥にでも、墓穴を掘ってお
け───!!」

　そんな若さんの怒りに満ちた声が響いていたけど、私は
振り返ることなく学校へと走った。

可愛すぎる幼なじみ【蓮SIDE】

「蓮くんー！　朝だよー！」

　俺の世界は、いつもこの声から始まる。

「蓮くん蓮くん！　起きて！」

　起きれないから起こしてって頼んだのは俺なのに、もっと名前を呼んでほしくて、わざと寝たフリをしてる。

　そんなこととは知らない歌鈴は、俺を揺さぶったりつついたりして、なんとか起こそうと苦戦していた。

「……昨日は起きてくれたんだけどな」

　危な。

　なんかブツブツ言ってんのが聞こえてきて、口もとが緩みそうになった。

「れ、蓮くん……？　起きて……？」

　控えめな声で歌鈴が呼びかける。

　きっと警戒心なんてゼロなんだろ。

　可愛すぎて、押し倒したくなる。

　そんなことしたら、絶対次から警戒されまくるからしないけど。

「もっとそばに来てよ」

「きゃっ……」

　そろそろ限界。

　歌鈴の顔が見たすぎて。

　俺が目を開けば、歌鈴の驚いた顔が飛び込んでくる。

「もーっ！　起きてたでしょー！」

　ムッと頬を膨らませてるけど、少し顔が赤いところなんかも可愛い。

「また騙されてんじゃん」

「……っ、次は……騙されないもん！」

　困った顔をして、すぐムキになる。

　子供の頃からなにひとつ変わってない。

「……えと、おはよう蓮くん」

　俺がずっと歌鈴を見つめていたら、ふわりと微笑んだ。

　あー、この顔めちゃくちゃ好き。

　歌鈴が笑えば心が弾む。

　いつからこんなに俺の世界は、歌鈴一色に染まったんだろう。

　きっとあの時からだ。

　——5歳の俺は物静かだったと思う。

　両親は毎日仕事で、疲れた身体を引きずって家に帰ってくるのは夕飯の時間になってからだった。

　だから俺は留守番してることがほとんどで、家にはひとりだった。

　別に寂しくなんかない。

　本もあるし、テレビだって見るし、絵を描いて過ごしてれば、あっという間に夜になるから。

　何度も時計を見て、幼い俺は時間が過ぎるのを待った。

「ピアノ？」

ある日、耳に舞い込んできたピアノの音色。

気温が高くて窓を開けていたせいか、しっかりと聞こえてきた。

初めて耳にしたのは、そのぎこちないピアノの音だったのを今でも鮮明に覚えている。

「もう1回やる……！　出来るもん！」

女の子の声と、途切れるピアノの音が交互に聞こえる。

「もっといっぱい練習する……！」

ちょっと泣いているみたいな声。

たぶん、同じ幼稚園に通うあの子だなって思った。

クラスは違ったけど、何度か幼稚園の園庭で見かけたことがあったから。

それに、俺の家のお隣さんだ。

デカい家が建っていて、そこに住んでいるお金持ちのお嬢様。

目が大きくて、俺が見かける時、いつも楽しそうに笑ってる女の子。

前に母さんが「お友達になれるといいわね」って言ってたっけ。

でも、友達になれるわけない。

だって彼女は、お嬢様だから。

そう思っていたし、お嬢様はいつも大人に囲まれている。

スーツを着た怖そうな大人の男は絶対にひとりはそばにいたし。

お嬢様は、俺とは違うんだってことは幼いながらに理解

していたつもりだった。

「ふーん。弾けるようになったんだ」

　１週間くらい過ぎたある日、ピアノの音はもう途切れることはなかった。

　窓から流れ込むピアノの音色は、聴いていて心地いいくらい。

　きっといっぱい練習したんだろう。

　隣の家からは相変わらず色んな音が響いていた。

　楽しそうにはしゃぐ声、自転車が倒れる音、痛いって泣いてる声。

　でもしばらくすると、「出来た！」って喜んでる。

　ひとりでいる家の中が静かなせいか、お嬢様の笑い声がよく響いた。

「こんにちは！」

　初めてお嬢様に声をかけられたのは、家の前でひとりでボール遊びをしている時だった。

「私、隣に住んでるの！　よろしくね！」

　うん、と頷くだけの俺はかなり愛想が悪かったと思う。

　隣に立つ黒服姿の大人は「お嬢様、そろそろお家に入りましょう」って言っている。

　だから、早くあっち行けって思った。

「ねぇ、ひとりで遊んでるの？」

　なのに、白いワンピースを着たお嬢様は、俺とボールを交互に見てそう言った。

「そう。ひとり」

当たり前のこと聞くなよ。

お前の隣に立っている怖そうな大人と一緒に、さっさと家の中に入れよ。

それなのに、お嬢様はずっと俺を見てる。

「ひとりは寂しくないの？」

大きな目で、不思議そうに俺を覗き込んだ。

ボールを蹴る足が止まる。

「……寂しいわけ、ないじゃん」

寂しくない。

お嬢様はなに言ってんの？

両親は俺のために働いてて、だから帰りが遅くても仕方ないわけで。

ひとりで留守番なんかとっくに慣れてるし、全然平気で。

「……っ、」

そうやって必死に心の中で強がっても、幼い俺は我慢出来なかったんだと思う。

気づけば、ボールをギュッと抱えたまま涙が頬を伝っていた。

情けなくて、カッコ悪い。

お嬢様の目にも、俺はきっとそう映ってる。

なおさら友達になんかなれるわけない。

「よしよし」

なのに、お嬢様の小さな手は俺の頭を撫でた。

「……な、なんだよ」

途端に恥ずかしくなって、ボールを落としそうになる。

「歌鈴が泣いたら、ママがいつもこうやってしてくれるんだよ」

　ねー？と、隣に立つ黒服姿の大人と一緒に笑っていた。

「……カッコ悪いとか思ったくせに」

　なのに俺は、その優しさを素直に受け取れなかった。

「んーん！　たくさん泣いたらその分強くなれるんだぞー！ってパパが教えてくれたよ！」

　それでも、こんな俺にお嬢様は優しく笑ってくれた。

「私、歌鈴っていうの。よろしくね！」

　差し伸べられた手。

　涙を拭いて握り返した歌鈴の手は、何よりも温かかった。

　本当は、いつも大人に囲まれてるのが当たり前な歌鈴が、少しだけ羨ましかったんだ。

　それ以来、歌鈴とは毎日遊んで過ごした。

　時々俺がお嬢様って呼ぶと、「歌鈴だよ！」ってムッとした表情を見せたり。

「私はみんなと同じ！　だから自分はお嬢様だって言わないよ！」

　時々泣き虫だけど、芯の強いところもある。

　そんな歌鈴のそばにいるうちに、もっと色んな表情を見ていたいって思うようになった。

　歌鈴と出会っていなかったら、俺はもっと弱かったかもしれない。

　こんな風に笑えなかったかもしれない。

　いつか歌鈴を守れるような大人になりたいとか、こんな

Chapter 1 ≫ 31

気持ちも抱くことはなかっただろう。

　あの頃から俺は、どっぷり歌鈴に溺れてる。

　そんなことは当然知る由もない歌鈴は。

「蓮くん……この制服、どうかな？」

　なんて、今となってはちょっと得意げな顔なんか向けて

さ、くるりと回って微笑むんだよね。

　スカートがふわりと舞う。

　あー、ほんと。

　これ以上可愛さ振り撒かないでほしい。

「普通に似合ってる」

　可愛くないわけがない。

　歌鈴なら何着たって可愛いに決まってる。

　子供の頃からずっと見てきた。

「変じゃない？　大人っぽい気がして……」

　もじもじして、俺の返答を待ってる。

　色気なんかいらないって言いたいとこだけど。

「変じゃないよ。てか髪型変えたの？　前のも可愛いのに」

「あ、うん。ふたつに結んでたら幼いかなぁって……だか

らおろして緩く巻いてるの」

　人の気も知らないで、ぶち切り優勝なみの笑顔見せてく

るから困る。

　自覚持てって言っても無理だろうけど、お前の可愛さは

犯罪級なんだよ。

　本人に言ったら「もーっ、な、なに言ってんの！」って

顔真っ赤にすんだろうな。

そんなお前の顔がもっと見たいなんて。

最近本気でどうかしてる、俺。

それでも歌鈴が俺の部屋で、俺の目の前にいるだけで、理性揺らぎそう。

思春期に入ったばかりの男子みたいにエロい目で歌鈴を見てんじゃねーかってくらい。

こんな可愛い歌鈴を誰にも見せたくない。

歌鈴のことを独占したいとか思ってる俺は、まだガキなのかもしれない。

……やばいだろ、俺。

「蓮くんそろそろ行こう？　遅刻しちゃう」

「てか、スカート短くない？」

「へ？　普通じゃないかな」

スカートの丈だっていちいち目がいく。

過保護も度が過ぎたらただの変態だ。

「パンツ見えるよ？」

「み、見えないよ！　平気平気！　ほら、行こう蓮くん」

顔を傾けた歌鈴の綺麗な髪がサラリと流れる。

シャンプーの香りだけで欲情してるなんて言えねぇ。

誰にも見せたくないって言えばわがままで。

けど、この独占欲なんとかなんないの？

自問自答しても、答えは出なくて。

「蓮くんー、行こう？」

ねっ？と、花が咲いたみたいに歌鈴は笑った。

もうこの笑顔が見られればなんだっていい。

ずっとそう思ってた。
だけど、そろそろそんな悠長なことも言えない。
本気で誰にも渡す気なんかないから。
どんな婚約者が現れようと、歌鈴だけは譲れない。

俺でいっぱいになって?

　蓮くんが私にキスするなんて……。

　本当にどうかしてる。

　いくら突然のこととはいえ、抵抗しなかった私も私だ。

　下駄箱についても、ものすごい速さで打ちつける鼓動は
ちっとも落ち着かなかった。

　まだ唇に蓮くんのキスのあとが残ってる気がして……。

「お嬢様ぁぁぁ!!」

「ヒィッ……!!」

　不審者!?と他の生徒が勘違いするかのような勢いと表
情で全力疾走してきたのは若さんだ……。

　理事長から、出入りの許可を得てるとはいえ、護衛を務
める若さんが生徒の中に紛れ込んでるのは、何度見ても違
和感しかない……。

　それにここは、お嬢様が通うような特別な私立学園って
わけじゃない。

　偏差値は県内平均よりやや上ではあるけど。

　パパを説得してまで私がこの羽丘高校を選んだのは……
蓮くんの志望校だったから。

　一緒の学校なら、もっと思い出を作れるんじゃないかっ
て思った。

　なのに、キスなんて……。

　蓮くんって、何を考えてるの?

Chapter 1 ›› 35

「お嬢様ぁ!!　わたしが目を光らせていながら申し訳あり
ません!!」

　90度のお辞儀を見せる若さんに、他の生徒は若干引き
気味だった……。

「ちょっと若さん!　みんな気味悪がってますよ!　それ
にあれは……別に、若さんのせいじゃないです!」

「いいえ!　お嬢様の世話役であり見守り役でもあるわた
しの不注意です!　今あの不届き者を追ってる最中でござ
います!」

　そんなことしても蓮くんは逃げるに決まってるよ。

　足の速さは若さんより上だもん……。

「無論、わたしも旦那様に報告をしてどんな罰もなんなり
とお受けします!」

「だ、ダメ……っ!　パパには言わないでください!」

　もしこのことが知られたら、呼吸止まるかも。

　気絶じゃ済まないレベルだ……。

　三途の川まで行きそう……。

「もちろんお伝えする際に表現には気をつけます!　です
ので、接吻という言い回しはどうでしょう?」

「……」

　伝わるんだから変わらないってば……!

「とにかく内緒にしてください……!　もし言ったら、若
さんの秘密バラしますからね!」

「……なっ、お嬢様!?」

　若さんの声が裏返った。

こんなことはしたくないけど、パパの耳に入ることはなんとしても避けたいもん。

「ひ、秘密など、わたしにあるわけがありません！　何を仰るのですか……」

　私はジッと冷や汗を浮かべる若さんを見やった。

「メイドさんから聞きましたよ？　庭掃除の時に毎日ホウキにまたがってサボってるってこと！」

「……はっ！　なぜそれを!?」

　いやそこは全力で否定しようよ若さん……。

　ホントにサボってたのね……。

「知られたのなら仕方ありません、認めましょう……。ですが、あれはほんの出来心でございまして……っ」

「出来心……」

　音無家の護衛がこれで大丈夫なんだろうか……。

　顔は俳優並にカッコいいのに残念すぎるでしょ。

「若さん！　ホウキで空を飛べるなんて映画の世界だけですよ！」

「誤解ですお嬢様！」

「なにがですか!?」

「わたしがまたがっていたのは、ホウキではなくデッキブラシでございます！」

　……どっちでもいいわ!!

　私は真顔の若さんから逃げるように、自分の教室である１年Ａ組に飛び込んだ。

　そして、さっきの出来事を真っ先に親友に相談した。

Chapter 1 ≫ 37

「で、青葉くんは今頃墓に埋められているって解釈でオッケー?」

　親友である名村二乃ちゃんは、ちっとも驚くこともなく問いかけてくる。

「……た、たぶん逃げたはずだよ」

　だぶんだけど……。

「ほんとー?　だってさ、歌鈴の護衛班は昔からすごい数じゃない?　チームDまであった記憶が」

「いやE……」

「あら、増えたのね」

　小学生の時からずっと一緒の二乃ちゃんは、私の家のことも知っている。

　もちろん地獄耳の若さんの存在も。

「今まで捕まったことないから大丈夫だと思う……」

　小中学生の頃から「近い近い!」って若さんにドヤされてたけど、そのたびに私の手をひいて逃げてきた蓮くん。

「でもまだ登校してきてないってことは、若さんの手に落ちたって可能性が濃厚ねぇ……」

　二乃ちゃんは顎に手を添えて推理する。

　色んなヘアアレンジをするのが大好きで、明るい女子の二乃ちゃん。

　昔からいつも私の話を聞いてくれるんだ。

　婚約の話が持ちあがって動揺した時も親身になってくれた、お姉ちゃんのような存在。

　それでいてとびきり可愛い。

女子力高め、情報量も多くもっている。

　何より、制服の桜色のリボンと白いスカートがよく似合ってる。

　今日の髪型はハーフツインテール。

　これだけレベルが高い二乃ちゃんだけど、告白されることは何度もあるのに、「ごめん、キミ誰？」と辛辣な振り方が有名な美少女……。

　二乃ちゃんを狙ってる男子は大勢いるんだけど、でも二乃ちゃんは……。

「わたしずっと思ってたんだけど、青葉くんばっかりズルいよね」

「……ズルい!?」

「そうよ！　若さんに追われる獲物になるなんて！　わたしだって是非追われたいってもんよ」

「……」

　二乃ちゃんにとってあの髪型であろうとも、若さんはイケメン執事にしか見えないらしい。

　特に中学に入ってからの二乃ちゃんは、若さんを見るたびに鼻の下を伸ばして顔面を崩壊させる程だった。

「ヘラヘラした顔で煽りながら追いかけてほしい」

「うん、二乃ちゃんそれちょっとよくわからない……」

　ってわけで、二乃ちゃんは学年の男子に少しも興味などないのだ。

「まあでも、今回は若さん率いるチームＢが青葉くんを生け捕りにするだろうね？　おじ様の大事な歌鈴にキスし

ちゃったんだから」

「ちょっ……しっ──!! 二乃ちゃんってば、声おっきいよぉ!」

二乃ちゃんは「そ?」なんて言いながら、ハーフツインテールを指でくるくる触っている。

「周りの女子に聞こえたら大惨事になりかねないよ……」

「あー、確かに。青葉くんといえば、毎日女子の心臓に負担をかけるレベルのイケメンでモテ男だもんね」

「二乃ちゃん、言い方……」

私は咄嗟にキョロキョロ周りを見回した。

よかった……誰にも聞こえてないみたい。

二乃ちゃんの言う通り、蓮くんはすごくモテる。

それはそれは圧倒的に。

身長は180センチに届きそうで、どこにいてもその容姿は女の子の視線を釘付けにしてきた。

陽に透けるミルクティー色の髪はふわふわ柔らかくて「触ってみたいよね?」ってよく言われてる。

二重まぶたに、形のいいアーモンド型の瞳は茶色くて。

女の子はみんな、蓮くんのちょっと気だるげなその瞳に吸い込まれて、恋に落ちるらしい。

何より、蓮くんの誰にでも分け隔てなく接するところが人気なんだって聞いたことがある。

この羽丘高校には、お嬢様とか御曹司だとか呼ばれる人が数人いるらしい。

そんな中でも蓮くんの人気は圧巻だった。

幸い、私は蓮くんのただの幼なじみってみんなに把握されてる。

　なのに、キスのことが知られたら、鬼の形相をした女子のみんなから拘束されること間違いない……！

「てか二乃ちゃん……驚かないの？　私、き……キス、されたんだよ……？」

　もし逆の立場だったら、今頃呼吸を乱して質問攻めしてるかも……。

「全然？　むしろよく耐えてたなって、青葉くんを褒めてあげたいくらい」

　褒めるって……。

「あの、二乃ちゃん？　どこにも褒める要素なんてないと思うんだけど……」

「あるわよ。だってわたし、青葉くんはとっくに歌鈴のこと押し倒してるかと思ってたもの」

　偉い偉い！と感心さえしている二乃ちゃん。

　押し倒すって、今日もどっかで聞いたばかりかも……。

「それに、青葉くんは歌鈴一筋じゃん」

「……それは、幼なじみだから二乃ちゃんにはそう見えてるだけじゃ」

「いやいや、ガチ恋勢もいいとこよ。溺愛主義者かつ過保護って感じよ」

　だから、二乃ちゃんその言い方……。

「なのに、まさか本人が気づいてなかったなんて、青葉くんに同情するわよ」

Chapter 1 >> 41

　はぁっと、二乃ちゃんは大袈裟な溜め息をついた。

「……うぅ。で、でも最近……私も蓮くんの様子が変だか
ら……それは気になってたよ？」

　すると二乃ちゃんは、ふふんと笑った。

「まぁ、おじ様に埋められる覚悟があるってことはさ？
本気なんだよ、歌鈴のこと」

　……蓮くんが、本気で私を？

「……だけど、まだ直接好きって言われたわけじゃ……」

「いやいやだからさ、なに言ってるの。キスしてきたく
らいだよ？　この先、歌鈴も青葉くんの溺愛には覚悟して
おいた方がいいわよ」

　そんなことを二乃ちゃんにまで言われたら、きっと今ま
で以上に意識しちゃう。

　この先、出来ることならこれまでみたいに幼なじみとし
て接していきたいって思ってた。

　タイムリミットがあると思うとなおのこと。

　パパが決めた通りの未来を歩むことになったとしても、
思い出があれば後悔を残すこともないと思ったから。

　けど、このままじゃ上手く出来そうにない。

　蓮くんにキスされて、嫌じゃなかった……。

　それに、自分の気持ちがどんどん大きくなっていく予感
がするから。

　思い出を作りたいなんて、そんな悠長なことを言ってい
る余裕は少しもないかもしれない。

「ちなみにわたしは覚悟してるからね」

二乃ちゃんの声で我に返った。

「二乃ちゃんが？　なんの覚悟？」

「もちろん若さんと墓穴に入る覚悟よ。今か今かと待ってるくらい」

「……」

二乃ちゃん……やっぱりよくわからないんだけど。

それからしばらくして、蓮くんが教室に飛び込んできたのは授業が始まる寸前だった。

ちょっとだけ息を切らしてる。

悔しそうな顔をした若さんのいる廊下に向かってべっと舌を見せた蓮くんは、勝ち誇った顔をしていた。

もう……。

そんなことしたら後々若さんの反撃が怖いんだけどな。

若さんは学校内の出入りは許されてるけど、教室には入れない。

つまり、蓮くんは"墓穴"から逃げ切ったんだ。

よかった……。

って、なんで私ホッとしてるんだろ……。

１時間目の授業は数学。

私はこれでもかってくらいに黒板に意識を集中させる。

どれだけ隣の人物に熱心に視線を注がれても、顔を動かさない……っ！

絶対に横を向かないんだから！

だって……。

「怒ってんの？」

Chapter 1 ≫ 43

「……っ,」

　隣の席は、キスをしてきた張本人、蓮くんなのだ……。

　これまで3回席替えをしてきた。

　けど、なぜだか3回連続で隣の席になるという不思議が

続いてる。

「歌鈴？」

「……」

「こっち向いて？」

　ダメダメ……っ。

　今蓮くんの顔を見れないし。

「こっち向いてくんないと、授業もやる気出ない」

　声を沈ませたってダメなんだからね。

　それに蓮くんは、ずっと学年1位を維持してる程の頭脳

の持ち主。

　中学までは平均的な成績だったのに。

「そんなに意地張られると、強引にでも向かせてやりたく

なる」

　フッと笑った気配に、ついつい私は勢いよく振り向いて

しまった。

「あ、怒った顔もやっぱり可愛い」

　……自分の意思の弱さに呆れる。

「からかわないでよ……」

「俺に反応してくれんのが嬉しいんだから、しょうがない

だろ」

　私はすぐに黒板に視線を戻そうとした。

それなのに、頬杖をついた蓮くんが、私の制服の袖口を
ちょんっと引っ張ってくる。

「……な、なに？」

「ん？　構いたくて仕方ないってやつ」

　ダメだ……。

　回避してるつもりが、すっかり蓮くんのペース。

　そして……。

「歌鈴が知りたがってること当ててやろうか？」

　すっと身を寄せて、先生に見つからないように耳打ちし
てくる。

「私が知りたいこと……？」

「そ。なんで３回連続で歌鈴の隣の席になったと思う？」

「え？　それは、たまたま偶然じゃ……」

「んなわけないでしょ。俺が頼んで代わってもらったの」

「なっ……!?」

「大事な子だから頼むって」

　大事な子……。

　その言葉に、私はすぐに反論出来なくなる。

「なんで、そこまで……」

　家だってお隣さんで。

　毎朝一番に顔を合わせてるのに。

「卒業するまでまだ時間があるなんて、俺は全然思ってな
いから」

　蓮くんの瞳と目が合って、私の鼓動は高鳴っていく。

「だから、少しでもお前のそばにいたいんだよね」

Chapter 1 ▶▶ 45

　そんなこと言うなんて、ズルい……。
「困らせた？」
「違……っ、困ってるわけじゃ、ないよ……」
「あれ？　困んないの？　残念」
「へ？」
　意味がわからずに瞬きを繰り返していると、
「俺のことばっかり考えて困ればいいのに」
　目を細くした蓮くんが、下から覗き込むように私を見つめて口角を上げた。
「……もう！　ならないよ！」
「ふーん。まぁ、嫌でもすぐにそうなるけどね？」
「……それ、どういう意味？」
「まだ内緒」
　意地悪……。
　どんな意味があるかわからないけど、きっとからかってるだけなんだ。
　それに、私はずっと蓮くんのことばっかりだよ。
　ホントは、ずっとそう。
　ドキドキして、体温がぐんって上がる。
　毎朝蓮くんを起こす時だって、本当は見惚れている自分がいて。
　そんな気持ちになるなんて、自分でも戸惑うくらい。
　だけど、蓮くんにだけ感じるこの気持ちに名前を付けちゃったら……。
　きっと未来の私は、ウェディングドレスを着たまま逃げ

出してしまいたくなるから。

　そんなこと絶対言えないけど……。

　でも、もし私がそう言ったら蓮くんはどんな顔をするのかな？

　……まさか。

　明日から私の日常が変わろうとしているなんて、この時は知る由もなかった。

花嫁修業のため、同居します

　次の日の放課後。

　二乃ちゃんと別れ、私は急いで教室から正門へと走っていた。

　お昼休み、パパからメッセージが来ていたからだ。

　大事な話があるって動くスタンプつきで何通も……。

　後ろから真顔でついてくる若さんに聞いたけど「わたしの口からはお答え出来ません」って言われちゃったし。

　大事な話って一体なんだろう？

　前もそんなことあったけど、パパの健康診断の結果発表です！とか全然たいしたことじゃなかったような……。

　考えながら走っていたその時だった。

　——ドンッ！

「……痛っ」

　誰かにぶつかって思い切り鼻をぶつけた。

「ごめん。大丈夫？」

「……いえ、私こそすみません！　大丈夫です」

　鼻が潰れてないか心配ではあるけど、ボーッとしていた私がいけない。

「ずいぶん急いでたみたいだねー？　音無家のお嬢様」

「えっ？」

　鼻を押さえながら顔をあげると、そこには美形の男の人が立っていた。

あ……この人、知ってる。

　名前は確か、花咲理人先輩。

　私のひとつ上の学年で２年生だ。

　ダークブラウンの髪は校則違反ギリギリの長さ。

　そこから見える耳にはシルバーのピアスが光ってる。

　軽そうな雰囲気なのに、二乃ちゃん曰く「あのギャップがいーのよギャップが！」って女子が騒いでるみたい。

　そのギャップっていうのが……。

「理人様。どうかなさいましたか？」

　正門前に横付けされた高級車から、ひとりの男性が降りてきた。

　まるで外国の映画のワンシーンのように見えたのは、その男性がまさに外人だからだろうか……。

「んーん。なんでもないよカイル。可愛い子見つけちゃっただけ。すぐ行くから車で待っててくれる？」

「かしこまりました理人様」

　"カイル"と呼ばれた男性は再び車に乗り込んだ。

　理人先輩は、花咲財閥の御曹司。

　この羽丘高校でも、外の世界でも、知らない人がいない程の有名人なのだ。

「急いでるんでしょー？　だったら家の車で送ってくよ？」

　ふわふわした柔らかい笑顔を浮かべてみせる。

「えと、あの……」

　突然のことに驚いていると。

「申し訳ありませんが、近いです!!」

Chapter 1 ›› 49

「ちょ、若さん！」

　白目が見えそうなくらい鋭い瞳で、私達の間に割って入ってきた若さん。

「知ってるよー？　アレでしょー？　適正な距離を保つ、ってやつだろ？」

　え？

　どうして小姑のような若さんの口癖を知ってるんだろう？

「気をつけて帰りなよ？　特に可愛い子は狙われやすいからねー」

　鼻唄でも歌い出しそうな口調でそう言った理人先輩は、

「――またね、歌鈴ちゃん」

　ヒラヒラと手を振って車へと乗り込んでいった。

　……私の名前まで知ってるって、どうして？

　って、今は急がなきゃ！

　気になったけど、パパを待たせるとまた捜索願いでも出しかねない！

　私は再び大急ぎで家へと走り出した。

「おかえりなさいませお嬢様。旦那様達がダイニングでお待ちですよ」

　ベテランのお手伝いさんにお礼を言って、ダイニングの扉を開けた。

「ただいまー！　ちょっと遅くなっちゃっ……」

「歌鈴‼　ああ、やっと帰ってきたよ！　自宅到着予定時

刻を３分も過ぎたから心配したじゃないか……！」

　出た……パパの心配性……。

「……たった３分だけだよ、パパ」

「いやいや３分も、だよ！　何度パパがGPSを確認したことか……！　心配でたまらんよ！」

　180秒ですら待てないくらいの心配性の方が、私は気がかりだよ……。

「まったくパパったら。そんな顔を外で見せたら、バリバリやり手社長のイメージが大幅にダウンするじゃないの」

　もうっ！と、椅子に座ったママが、紅茶をすすりながら呆れ顔をしている……。

「だってママ、歌鈴に何か起きたら僕は……っ」

「あのねぇパパ。だってじゃないの。今どきの女子高生にGPSなんて、まるで監視よ。父親じゃなかったらストーカーの域よ」

　愛する妻から突如放たれたワードに、パパがドサッと崩れ落ちた。

　ママ、辛辣すぎでしょ……。

「歌鈴、とりあえず座ってちょうだい」

「うん！　話があるって言ってたけど、何？」

　落胆するパパの隣の席に座った。

「うむ！　突然だが、歌鈴。パパは明日からフランスへ行くことになってしまったのだよ！」

　どうにか気を取り直したパパが切り出した。

「そうなんだね。前は短かったけど、今回はどのくらい行

くの?」

　1週間くらいかな?

「……か、歌鈴!?　そんなあっさりと答えなくたって、もっと寂しさを存分に表してもいいんだよ!?」

　今にも泣きそうな顔をして私を見てくるけど、寂しいのはパパの方でしょ……。

　子供の頃から度々海外へ行くことはあったんだし、もう高校生ともなれば寂しくはないんだけど……。

「今回はフランスに2ヶ月近く滞在するのよ。ママもついていくのだけど、大丈夫かしら?」

「あ、それは今までより長いね。でも大丈夫だよ!」

　お手伝いさんや、それに一応若さんもいるし。

「クリスマスまでに帰国するからね。でも本当にひとりで頑張れる?」

　再度確認してくるママに、私はコクコク相槌を打った。

「あらそう?　よかったわぁ。パパも聞いたでしょう?歌鈴、頑張れるって」

「うむ。歌鈴が賛成なら、いいだろう」

　ママがなぜかニコニコしてる……。

「じゃあ早速だけど、自分の荷物をまとめて支度してちょうだいね」

「……支度?」

「そうよー?　だって、明日から歌鈴はお隣で暮らすんだから」

「え───!?　お隣って……っ、まさか……」

「もちろん蓮くんの家に決まってるじゃないの！　やぁね　この子ったら、ママの話はちゃんと聞いてないとダメじゃない」

　あの、今初めて聞いたんだけど……。

「蓮くんには事前に説明してあるから問題ないわぁ。おじ様とおば様も快く承諾してくれたから」

　蓮くんにも!?

　だいたい、いつの間に水面下で動いてたの!?

「いや、ちょっと待ってよママ！　なんで私が蓮くんの家で暮らすの……？」

「それは当然、花嫁修業のためよ」

　へっ？　花嫁修業？

　話がぶっ飛びすぎじゃない……？

　私まだＪＫなんだけど。

「前から話していたじゃないか。歌鈴は高校を卒業したらパパが決めた人と婚約するって」

「そのためにも、今から素敵な花嫁さんになれるように修業しておくのよ？」

　って言われても、あまりにも急な話に困惑する。

　若さんの情報によると、先方の相手とは話を済ませてあるみたいで。

　どんどん婚約の話が現実のものになっていく。

　途端に焦りが生まれた。

　やっぱり考え直してって伝えようかな……。

「あの、パパ……その話なんだけど」

Chapter 1 >> 53

「パパはね、未来の花婿さんに、とびきり愛されるような
花嫁になってほしいんだ」

　穏やかな笑みに私はぐっと言葉を飲み込んだ。

　自分で未来を決めたいなんて、この期に及んで言えるわ
けないよね……。

「はいこれ。花嫁修業のためにママが使っていたチェック
リストよ！」

「……えっ、なにこれ!?」

　突然差し出されたそれは1冊の古びたノート。

　不思議に思ってペラペラと中を見ると、小さな文字やら
図がぎっしり……。

「要は課題ね。それにこれはね、おばあちゃんから受け継
いだ伝統あるノートなのよ！」

　なんの伝統よ……。

「ママ、あのさ……伝統っていうか、なんかこれって
昭和っぽいような……」

　──ゴンッ!!

「なんか言った？」

　うふふっと笑顔で柱に拳を埋め込んでいる。

　学生時代、元女子レスリング部部長なだけあって貫禄が
半端ない……。

「お嬢様。ここは従った方が身のためかと……」

　怯えた若さんの言う通りここは従うしかない。

「いーい、歌鈴？　花嫁修業に昭和も令和も関係ないの
よ！」

「は、はい……」

　この家で一番怖いのはパパじゃなくてママ。

　若さんも震度４くらい身体を震わせてるし。

「でも……なんで蓮くんの家なの？　ここでも花嫁修業は出来るんじゃない……？」

「いいえ！　蓮くんは歌鈴のお目付け役よ！　あなたがしっかり花嫁修業を遂行しているか目を光らせてもらわなきゃね！」

　しかも、それを蓮くんは喜んで引き受けたらしい……。

　初耳なんだけど……。

「……ママ、それは若さんじゃダメなの？」

　私のお世話役を務めてくれてるし……。

　するとジッと若さんを見つめたママは。

「ホウキにまたがる世話役じゃ、花婿さんの練習相手にもならないじゃないの！」

「なっ!?　奥様までなぜそれを!?」

　若さん……バレてますよ。

「それに、幼なじみの蓮くんが一緒なら、ママもパパも安心なのよ」

　だからっていきなり同居なんて、心の準備が……。

「……あの奥様、訂正点としましてはホウキではなくデッキブ……」

「若！　あなたはわたしへの報告を逐一行うように！　頼んだわよ！　この際だからあなたも成長なさい！」

「か、かしこまりました奥様……!!」

Chapter 1 ≫ 55

　若さんはそれ以上、口を開くことはなかった。

　でも、困ったな……。

　明日から蓮くんと一緒に暮らして、花嫁修業することになるなんて。

　そもそも蓮くんは一言も私に言わなかったのに……！

　あ……っ、もしかして、昨日言ってた「嫌でもすぐにそうなるけどね？」って。

　この件を知ってたから!?

　蓮くんってば、教えてくれてもよかったのに！

「じゃあ歌鈴。ママとパパが帰国した時には、素敵な花嫁さんになれる準備が出来ているようにね」

「……待ってママ！　私からもひとつお願いがあるの！」

　言うなら今しかないと思った。

　私はスカートをギュッと握りしめる。

「お願い？　なぁに？　お小遣いの値上げ？」

「……もっと、重要なことで」

　花嫁修業はしっかりやるって約束をした。

　だから、私が成長することが出来たら、帰国した時には私の話を聞いてほしいとお願いした。

　ふたりは顔を見合わせていたけれど「わかったよ」と頷いてくれたのだった。

　これは私のわがままかもしれない。

　それでも、未来は自分で決めさせてほしいって言えるようになるんだ……。

次の日の夜はすぐにやってきた。

　泣きじゃくるパパと笑顔のママを見送った後、私は荷物を持って蓮くんの家に到着していた。

「歌鈴と同棲とか、顔が崩れそうなんだけど」

「……"同居"、だよ蓮くん」

　到着早々、ソファーに座る私を見て、蓮くんはこの上なくご機嫌だ……。

　それに、既にもう顔がニヤけてるっていうか。

　今朝、学校に来る時だって私を見ては嬉しそうに笑みをもらしてたし……。

　もちろんそんな蓮くんを、私は嫌だなんて思ってない。

　……でも。

「蓮くんってば、知ってたなら昨日言ってくれればよかったのに……！」

「なにが？　抱きしめて寝ようとしてるって？」

「ち、ちが——う!!　もう……っ！」

　私が言ってるのは、この同居について知ってたってことなのに……！

「一緒に寝んのダメ？」

「……そんなの、当たり前でしょ！」

「へぇ。それって、俺が歌鈴のこと寝かせてあげらんないから？」

　たちまち顔が赤くなる私を見て、蓮くんはクスッと楽しげに笑った。

　ていうか、さっきから距離近いよね……？

Chapter 1 ›› 57

　いくら若さんがママに「ふたりのことには首を突っ込まないこと！」って言われた挙句、玄関待機を命じられたからって。

　それに発言だってもっと大胆になってるような。

「と、とにかく！　私は花嫁修業を頑張るから、蓮くんは見守っててください……」

「ふーん」

「な、なに……？」

　私、なんか変なこと言ったかな？

「妬けるね」

「え？」

「だってこれって、未来の花婿のための花嫁修業なんでしょ？」

「一応……ママからはそう言われ……っ、きゃあっ!?」

　突然、蓮くんの腕が私の腰に回ってきた。

「それ、俺のためにしてよ」

「ちょ……っ、蓮くん……」

　あっという間に身体がピタリとくっつきそうになって、ドキドキと心臓が暴れ出した。

「わがまま？」

　間近で顔を傾けて、容赦なく私を覗き込む。

　蓮くんのシャンプーの香りがして、もう目眩が起きそうだった。

「そ、それって、花嫁修業のこと……？」

「そう。俺以外のためにそんなことするとか、めちゃくちゃ

妬けるだろ」
　ギュッとさらに腕に力が込められて、引き寄せられる。
「離して……それに、蓮くん、こういうことはダメ……」
　精一杯の抵抗で、蓮くんをふと見上げれば。
「そういう顔も好き。またキスしたくなるくらい」
「なっ……なに言ってるの！」
　あのキスのこと、これっぽっちも悪びれた様子もないからタチが悪いよ……。
　私は手で突っぱねて、蓮くんに訴える。
「この同居のことは、学校の人には内緒だからね！」
「なんで？」
　蓮くんはキョトンとした顔で首を傾げてみせる。
「……だ、だって、蓮くんは超絶モテるんだよ？　バレたら身の危険が……」
「そんなことより、もっと違うこと心配しなよ」
　微かに息を吐いた気配を感じた。
「……違うことの心配？　ママから渡された花嫁修業の課題のこと？」
　それなら明日から本腰を入れようって思ってる。
「ぜんぜん違う」
「じゃあ、なんのこと……？」
「俺がお前のこと抱き上げてベッドに連れてくかもしれないって心配」
「……」
　まるでからかうような口調で蓮くんは言った。

Chapter 1 ≫ 59

「っ、そんな心配、してないったら……変なこと言わない
でよ」

「連れてくだけだよ？　逆に変なことってなに？」

「なっ、」

「ねぇ、教えてよ」

　蓮くんがソファーに重心をかけて、私の顎をつまんでき
た。

　クイッと上を向かせると、「早く」って煽ってくる。

「変なことは変なことなの……！　意地悪しないでよ……
蓮くんのバカ……っ」

　目を白黒させた私は勢いよく立ち上がると、2階へと駆
け出した。

　顔を見られたくなくて、こうするしかないから……。

　だって、あんな至近距離で……。

　心臓がドキドキ激しく音をたてて、顔だってまだすごく
熱い。

　こんなのもう逃げるしかないもん……。

　蓮くんとの生活が2ヶ月も続くなんて、この先私は耐え
られるのかな？

「なにあの可愛い生き物。ヤバいだろ、俺」

　まさかひとりになった蓮くんが、

「──婚約者とか、消してやりたくなる」

　そんなことを呟いてるなんて知るはずもなく、私はひと
り、2階の蓮くんの部屋でジタバタするだけだったのだ。

危険な溺愛宣言

太陽の光が射し込んできて、朝だって感じる。

肌寒い朝はお布団が恋しい。

それにまだ眠い……。

「アラーム鳴ってるけど起きなくていいの？」

「んぅ……」

いつもビシバシしてる若さんの声が、どこか柔らかく聞こえてきた。

「若さん……あと5分……」

「ぷ。誰と間違ってんの？」

さっきよりも近い距離で聞こえた声に、まどろみから静かに目を覚ました。

「へ……、ん？」

うっすらと目を開ければ、蓮くんのミルクティー色の髪が私の頬をかすめている。

「おはよ、花嫁さん」

「……ぎゃっ!!　れ……っ、蓮くん!?　なんでここに!?」

嘘でしょ……？

だって、ベッドに横たわる私の上に蓮くんが覆いかぶさってるんだもん。

寝起き顔でさえ整ってるなんて、本当に女子が言うように心臓に負担がかかる。

「なんでって。お前がここで寝てたんだろ？」

え……。

って言われても、記憶にございません……。

パチパチと瞬きを繰り返して、完全に目が覚める。

そうだ……。

私は昨日から蓮くんと同居が始まって……。

昨日の夜、蓮くんが変なことを言うから逃げてきて、そのままここで寝ちゃったんだ……。

「一緒に寝たいって素直に言えばよかったのに」

「違うよ……、これは不本意っていうか……」

「で？　俺とあの墓穴を作るのが趣味な若さんを間違えたって？」

「んんっ……」

蓮くんが意地悪く口角を上げると、私の鼻をつまんだ。

「ごめん……ね？　いつも世話役の若さんが起こしてくれてたから……」

「だったら、二度と間違わせないように教えこんどくか」

「……お、教えるって何を？　って、大変！　こうしちゃいられないのに！」

私はベッドから飛び出ると、自分の荷物を漁った。

「花嫁修業のノートは……あった！」

「俺の花嫁は人の話を聞かないってわけね」

枕の上で肘をつく蓮くんがボソッと何か言った気がするけど、私は焦っていてそれどころじゃない。

「蓮くんはお目付け役なんだよ？　それに若さんに報告しなきゃだし」

さらにそれを逐一ママに報告するのが若さんなわけだから、一切手は抜けない！

　何も出来ない娘だなんて思われたくないし、心配かけたりしたくないから。

　すぐにでも取りかからなきゃ、学校へ行く時間になってしまう。

「なにすんの？　まだ６時前だろ」

「そうだけど……でも、花嫁修業の課題をこなすためにアラームかけておいたのに……」

「起きなかったけどね？」

「うぅ……」

「俺としては満足だよ？　可愛い寝顔を存分に見れたから」

「……そうやってからかわないでよ」

　蓮くんと一緒に寝てたなんて、たとえ意識がなかったとしても恥ずかしいよ……。

　私、変な顔で寝てなかったかな……？

「で、朝が弱い花嫁さんは何すんの？」

「えと、課題その１……朝ご飯の、支度？」

　ノートには『旦那様の朝食作り』と書かれていた。

　待ってよママ……！

　大変申し訳ないけど、私は生まれて一度も朝食作りなんてしたことない……。

　メイドさんやシェフの方が作ってくれていたから。

　時々ママだって、私の大好きなフレンチトーストを焼いてくれたり……。

Chapter 1 ≫ 63

　ああ、これは本当に修業なんだ。

「飯作ってくれんの？」

「えと、そうみたい。初めてだから上手く出来る自信ない
けど……」

「歌鈴が作ったもんならいくらでも食べるよ俺」

　今度は柔らかく笑みをもらした蓮くん。

　ずっと変わらないその優しい笑顔に、胸がキュンッと音
を奏でる。

　朝一緒に起きて、会話して。

　こんなやり取りも子供の頃以来。

　だからなんだか、くすぐったい。

「……が、頑張ります！」

「朝から張り切ってお前は可愛いね」

「……っ、キッチン借りるね！　出来たら蓮くんのこと呼
ぶから！」

「キスで起こして？」

「もう……っ、それはダメ……っ、」

「残念」

　朝から寝起き声でそんなこと言われたからか、やっぱり
私は逃げるように1階へと降りていった。

「え、嘘……冷蔵庫空っぽ……!?」

　制服に着替え、張り切ってエプロンをつけて冷蔵庫を開
けた結果、私は落胆した。

　卵ひとつない。

　そりゃそうだよね……。

ここは蓮くんの家で、ほぼひとり暮らし状態で。

　しかもノートには、「前日に買い物をしておきましょう」って吹き出し付きで書かれていたし……。

　そっか、まずは買い物に行かなきゃだ。

　学校帰りにスーパーに寄ってみようかな。

　でもこれじゃ、朝ご飯の支度なんて……。

「あっ」

　ふと戸棚の方に目をやると、トースターの隣に賞味期限ギリギリの食パンがあった。

　……ないより、マシ……だよね？

「歌鈴、これなに？」

「うっ……」

　私と蓮くんは食卓テーブルを挟んで向かい合って座ってるんだけど……。

　テーブルの上には、おそらくパンのようなものが並んでいる。

　控えめに言っても、とてもトーストとは呼べない一品だろう。

　もちろん焦がしたのは私である……。

「俺、ここまで焼いてほしいって言った覚えないけど」

「ご、ごめんなさい……」

　さすがに言い訳のしようもない。

　インスタントのカフェオレをいれようとしていたら、その間に焦げてしまった。

　そもそもセットした時間が長かったのが原因だった。

Chapter 1 ›› 65

　トーストもまともに焼けないなんて、これには蓮くん
だって呆れるよね。
「ごめんね？　明日リベンジするから……だから、それは
食べなくてい……」
「この辺あんま焦げてないし、食べるよ」
　蓮くんはおもむろにジャムの瓶を手に取った。
「で、でも、イチゴジャムつけてもきっと焦げた味がする
かもしれないし……」
「歌鈴は俺のためにしようとしてくれたんでしょ？」
　その問いかけに私はコクコクと頷いてみせる。
「失敗しちゃったけど……」
「ん。それが嬉しいから十分だよ」
　心底優しい蓮くんの声。
　こんな物食べれるか！って怒ったっていいのに。
　蓮くんは嫌な顔ひとつしない。
　……ちょっと苦そうな顔はしてるけど。
　だけど、すぐに蓮くんが大きな溜め息を吐き出した。
「蓮くん……やっぱり無理に食べなくていいんだから
ね!?」
「エプロン姿見てるだけで溜め息出る」
「……へ？」
　トーストへの苦情じゃないの？
　想像の遥か彼方を超える発言に、拍子抜けした私はその
場で固まった。
「似合わない……かな？」

エプロンなんてもちろん初めてつけたけれど。

　今までキッチンに立つこともなかったから。

「似合わないんじゃなくて、その逆」

「……っ、」

　私の反応を見て満足そうな蓮くんは、カフェオレに口を
つけた。

「……あの、蓮くん？　明日からはもっとまともな物を作
れるように頑張るね！」

　きっとこの件も、リビングのドアの隙間から変質者のよ
うに覗いてる若さんからママに報告されるんだ。

　もっともっと頑張らなきゃ……！

「なに言ってんの？　もう幸せすぎるけど」

「え？　だって……トーストは焦がしちゃったし、そもそ
も買い物もしてなかったし……」

　気合いだけ十分で準備が悪すぎた。

「歌鈴と同棲してんのに？　俺にとってこれ以上の幸せと
かある？」

「……」

　蓮くんってば、またそういうことを平気で口にするんだ
から……。

　そりゃ……嬉しいけど。

「このままここで修業して、俺の花嫁になってよ」

「もう……なに言ってるの……。私と蓮くんは、幼なじみ
なんだからね……っ」

　私と蓮くんは幼なじみで、これは同棲でもなく花嫁修業

のための同居で……と、浮かれてしまった自分へ言い聞か
せる。

　そうでも思わないと、私の蓮くんへの気持ちがどんどん
大きくなっていく気がしたんだ。

　それなのに。

「そう思ってんの、歌鈴だけじゃない？」

　空っぽになったお皿を片付けていると、蓮くんの声が背
中に飛んできた。

　くるりと振り向けば。

「……ちょっと、蓮く……、」

　ギュッと手首を掴まれて、息をのんだのも束の間。

　あっという間に壁際に追いやられて、蓮くんの腕に閉じ
込められてしまった。

「ここなら若さんの死角だよ？」

　クスッと不敵な笑みを浮かべて、若さんが覗いているで
あろう方向へ視線をスライドさせた。

　大胆な行動に、身体中が熱くなった。

　私はただただ壁に背中をピタリとくっつけたまま呆然と
蓮くんを見上げる。

「だいたい、俺が目が覚めたのはアラームがうるさいから
でも早起きしたわけでもない」

　何が言いたいのかわからずに、目を瞬かせる。

「ぜんぶ歌鈴のせい」

「私の……せい？」

　もしかしていびきをかいたり、騒音レベル並の歯ぎしり

とか……。

　そんな女の子らしくないことを考えていると、蓮くんが私の顔をすくうように覗き込んできた。

「お前が同じベッドで寝てんだよ？　そんなの、俺だって理性揺らぐ」

　その艶のある声で言われた言葉を反芻する余裕は、私には1ミリもなくて……。

「歌鈴が嫌がることするかもしれないくらい」

　かぁっと耳の後ろまで熱くなっていく。

「そんなこと言われても……困るよ……っ」

「あ、やば。歌鈴にそういう顔されたら朝から我慢出来ないかも」

「だから、蓮くんってばなに言って……」

「普通に欲情するってこと」

「……っ、いちいち口に出して言わないでよ……。蓮くんのバカぁ……」

　欲情って……。

　そんな聞き慣れないセリフに、動揺を隠せそうにない。

　蓮くんは、本当にどうかしちゃってる。

　それでも止まることのない蓮くんは。

「可愛いお前が他の男と婚約させられるってのに、黙って見てると思う？」

「……そんなこと言われても、これはずっと前からパパとママが決めたことで。私は口答え出来ないし……」

「今はね？」

頬に流れる私の髪を耳にかけながら、
「でも、絶対俺じゃなきゃダメって言わせるから」
　自信をたっぷり含んで、蓮くんが言い切った。
「な、なんの宣言……？」
「どんなにすごい花婿候補が現れても、歌鈴を譲る気ないってこと」
　蓮くんは若さんに聞こえないくらいの声で、私の耳元でそっと囁いたのだった。

Chapter 2

イケメン御曹司に要注意

　同居が始まって数日が経過した。

　たったの数日じゃ私のスキルが上がるわけもなく。

　今日初めて、トーストを焦がさないことに成功した程度で……。

　それを二乃ちゃんに報告したら、「トーストさえ焼けないとか霊長類希少種か」なんて言われてしまった。

　自分がいかにひとりでは何も出来ないかってことを痛感したよ……。

　花嫁修業の課題に沿って、洗い物とかキッチン周りのお掃除もようやく手を付け始めたところだ。

　蓮くんはというと、毎朝私がエプロンをつけると「だから反則」なんて言いながら相変わらず溜め息をついてばかりだった……。

　──そんなある日。

「どうよ？　同棲は？　トーストは焼けるようになったみたいだけどさ、青葉くんと早速おじ様の血圧が上がるようなことしてないでしょーね!?」

　学校に着いて、廊下待機をしている若さんのそばから離れると、真っ先に二乃ちゃんの尋問が始まった。

　二乃ちゃんにだけは隠し通せそうにもなかったから、同居することになったってことは話していた。

「血圧上がるの通り越して痙攣するレベルだよ……」

Chapter 2 ›› 73

　二乃ちゃんの席でこの前の朝の出来事を一通り話し終え
た私は、どっと溜め息をついた。
「あんらやだっ！　純情な顔して、もういかがわしいこと
しちゃったの？」
　近所のおばちゃんみたいに口に手を当てて大袈裟にジェ
スチャーしてくる。
「そんなことしてないよ……っ」
「んじゃ、ついに我慢が出来なくなった青葉くんの溺愛が
開幕したってこと？」
「……しーっ！　だから二乃ちゃん声大っきいよ！　地獄
耳の若さんが廊下にいるんだから……」
　ふと廊下へ視線を投げると、案の定若さんの鋭い眼差し
がこちらへと向けられていた。
　やば……今の聞こえたかも。
　てか、すごい迫力……。
　それはそれは他の生徒が震えるほど。
「ちょちょっ！　今若様がわたしを血走った目で見てたよ
ね!?」
「いや二乃ちゃん……違う意味で見てたと思うんだけど」
　てか血走ったって……最早ホラーだからね……。
「そ、そんなにわたしのことを……っ！」
「うん、二乃ちゃん落ち着いて？」
　酸素マスクが必要なほど息をハアハアさせた二乃ちゃん
を、なんとか落ち着かせる。
「控えめに言って１億回は目が合ってると思うのよねぇ」

「……二乃ちゃん、それ気のせいだよ」

　そもそも全くもって控えめじゃないと思う。

「それより、二乃ちゃんに教えてほしいことがあるの！」

「なぁに？　わたしのポエム専用アカウントは誰にも教えない予定だけど」

　少しも知りたくないから遠慮しておく……。

　私はカバンから例のノートを取り出した。

「なによこれ。どっから持ってきたの？　大正時代？」

「一応昭和なんだけど……」

　ママには絶対聞かせられないワードだ……。

　花嫁修業の課題一覧が書かれたノートを見せる。

　そして、今更ながら同居することになった経緯と訳を二乃ちゃんに説明した。

「ほーん。なるほどねぇ？　それが同居の真相だったんだ。まぁ、おば様らしいけどさ」

「それでね、今日はこの前の朝のリベンジで夜ご飯を作るんだけど……二乃ちゃんの昨日の夕飯のメニューを教えてほしいの！」

「オムライスとコンソメスープ」

「洋食……か。いいね。でも、ちょっと今の私には難易度高そう……」

　やっとトーストがまともに焼けるようになったど素人には厳しいかも……。

「そうそう。これが意外と大変なのよね。下準備もしなきゃだし、野菜もみじん切りにするしで」

Chapter 2 ≫ 75

「え、二乃ちゃんが作ったの!?　すごい!」

「まぁ作ったのは母上なんだけど」

　感動を覚えた私の気持ちを返してほしい……。

「てか、インスタとか参考にしてみる?　美味しそうなレシピいっぱいあるし。わたし、よくここからリクエストするんだよね」

　スマホでアプリを起動する二乃ちゃん。

「わあ!　これ美味しそうだね!　チーズたっぷりマカロニグラタン!」

　色んなレシピを見ながら、私みたいな初心者でもチャレンジ出来るものを探した。

　蓮くんは、和食と洋食どっちが好きかな……?

　昔から好き嫌いのない子だってママも褒めてたけど。

　……と、その時。

「あ、これなんてうまそうじゃない?」

「えっ?」

　背後から投げかけられた声に、私と二乃ちゃんは一斉に振り返った。

「モカマフィンとかうまそ。俺は好きだよー?」

「理人先輩……っ!?」

　そこには、前回遭遇した時と同じようにシルバーのピアスをつけた理人先輩が立っていた。

　なんで私達の教室に理人先輩が……!?

　驚きを隠せないのは私と二乃ちゃんだけじゃなかった。

　学校の有名人である理人先輩の登場に、クラスの女子が

瞬く間に騒ぎ出す。

　さすがは花咲財閥の御曹司だ……。

「歌鈴ちゃん料理すんのー？」

「……え？　は、はい！」

「じゃあ俺甘党だから、極甘にして？」

　屈託のない笑顔を向けられて私はフリーズした。

「……ちょっと歌鈴！　いつの間に理人先輩と知り合ったのよ!?」

　ガバッと私の肩に手を回した二乃ちゃんが小声で言ってくる。

　それも肩が外れるかと思うくらいの勢いで。

「ち……違うよ！　知り合いってわけじゃなくて」

「青葉くんって旦那がいながら浮気なんて、訴訟レベルだからね!?」

「ちょ……っ、二乃ちゃん全てにおいて誤解してるよ！」

　ヒソヒソとそんなやり取りを繰り広げていたけれど。

「料理得意なんだ？」

　何やら楽しそうに声を弾ませた理人先輩が割って入ってきた。

　うっ……。

　私と二乃ちゃんは苦笑いで顔を向ける。

「全然……むしろ初めてで……今日、挑戦したいなって思ってたんです……」

　だから得意なんてもんじゃなくて、って答えようとしたけれど。

Chapter 2 ›› 77

「へぇー。花嫁修業でも始めたの？」

　理人先輩は、ニヤリと口角を上げて笑った。

　……え？

　なんでそんなことまで知ってるの？

　たまたまかもしれないけど、この前は私の名前を知って
いたことに驚いた。

　でも、今回は偶然ってわけじゃないんじゃないかって思
い始めた。

「私の名前もそうですけど、なんでそのことまで知ってる
んですか……？」

「なんでだと思う？」

　まさかの質問返し……。

　机に手をついた理人先輩が、端正な顔をずいっと近づけ
てきた。

　妖しく目を細めた理人先輩に、女子の悲鳴が駆け巡る。

　……が、その時。

「……ちょ、理人先輩」

「二乃ちゃん？　どうしたの？」

　あの二乃ちゃんが顔面蒼白状態に陥っている。

　そして、目をキョロキョロと泳がせた。

「大変申し上げにくいのですが、左右からめちゃくちゃ狙
われてますよ……？」

「へ？」

「は？」

　狙われてる？

二乃ちゃんの震え声に、私と理人先輩は左右に視線を走らせた。
　ゲッ!!
　廊下側からは若さんが……。
　隣の席からは蓮くんが……。
　例えるならまるで火と氷のように理人先輩に猛烈な視線を送っていた……。
「あーあ。もしかして、俺狙われてんの？」
「誠に残念ですが、もしかしてではなく確実に」
　二乃ちゃんの言葉に、理人先輩は動じることなくクスッと笑った。
「なるほどねー。こんな厳戒態勢じゃ、お嬢様に手ぇ出せないってわけか」
「……ですね。わたしの経験から言いますと、出直した方が身のためです」
　それには私も賛成だ……。
　若さんは教室を出た理人先輩を捕えかねないし。
　蓮くんは……考えるのは止めておこう……。
「じゃあ素直に出直すよ」
「……あの、理人先輩はこのクラスに用があったんですか？」
　不思議に思って聞いてみる。
「用ってか、偵察？」
「偵察……って」
「青葉蓮って、このクラスだよねー？」

Chapter 2 >> 79

　蓮くんを探しにきたってこと……？

　なんで理人先輩が？

「それならそこで女子に囲まれてるのが本人ですよ。ちなみにさっきから先輩を狙ってます」

　二乃ちゃんが少々余計なことを付け足しながら、蓮くんの存在を教えた。

「へぇ。これが青葉蓮か。わかりやすいねー」

　なぜか妙に納得した理人先輩が、ほくそ笑みながら蓮くんを見ている。

　何やら雲行きが怪しくなってきたような……。

「……蓮くんに用事があるなら、呼びますか？」

「んーんー。今日は偵察に来ただけだから」

　……だから、偵察ってなんの？

「また来るよ。そん時は遠慮するつもりないから」

　意味深なセリフを残して、理人先輩は去っていった。

　一体なんだったの……？

「ねぇ二乃ちゃん……。偵察って言ってたけど……一体どういうことなんだろう？」

　しかも、蓮くんのことを見に来てたみたいだし。

「んー。現時点でわかったのは、あの花咲財閥の御曹司が、歌鈴のことを狙ってるってことよ！」

「狙ってる……？　ま、まさかあの理人先輩が私を？　そんなことありえないと思うんだけど……っ」

　狙われるようなことをした記憶はない。

　それにこれまで面識さえなかったし、知り合ったって

言ってもぶつかっただけで。

「女子同士の校内戦争が起きかねないほどの有名人が、わ
ざわざ青葉くんの偵察までしに来たのよ!?」

　絶対訳ありよねぇ……と、二乃ちゃんは楽しそうに考え
る素振りをしていたけど、結局謎が残ったままだった。

お味はいかが？

　次の週、10月の下旬。

　花嫁修業の課題である『洗濯』スキルを身につけた頃、無事に中間テストが終わりを迎えた。

　我ながら洗濯さえも出来ないことに落胆したけれど。

「歌鈴。これめちゃくちゃいい香りすんだけど、バニラ？」

　ある日の夜、柔軟剤を使ったことに蓮くんが気づいてくれて、それが少し嬉しかったんだ。

「うん！　ママのノートに柔軟剤を使うと仕上がりもいいって書いてあったから、使ってみたの」

「へぇ。意外と進歩してんじゃん」

　洗濯物を畳む私の前で蓮くんが笑みを見せるから、心が弾んでいく。

　それに、蓮くんが洗濯機の使い方を説明してくれたり、洗剤を買いに出かけた時も、荷物を持ってくれたり……。

　最初こそ、花嫁修業なんてって思っていたけど、ちょっとは成長してるのかな。

　それは、蓮くんが私のことを隣で支えてくれているおかげかもしれない。

　もちろんこの短期間だけでも反省点もあって……。

「お風呂洗剤を洗濯機に入れるとは何事ですか、お嬢様！ この件を奥様の耳に入れなくてはならないわたしは非常に悲しく――」

若さんの心労を増やしてしまったことは申し訳ないって
思う……。
「で、今日は花嫁さんの手料理、何時になったら食べれん
の？」
「うぅっ……」
　小言を述べた若さんが玄関へと戻っていったあと、蓮く
んが尋ねてきた。
　実はまだまともに成功したためしがない。
「これから作る予定で……」
「メニューは決まったの？　原型留めてないジャガイモ入
りのカレー？」
　蓮くんはイタズラっぽく笑った。
「もう！　それを言わないでよぉ……」
　そう……。
　何度か挑戦したけれど、どれもこれも全て失敗……。
　魚を焦がした時なんて、「火災ですよお嬢様ぁぁぁ！」っ
て若さんがリビングに飛び込んできたほどだった。
　家の中も焦げ臭くなっちゃって、換気するのも大変だっ
たのだ。
　次は失敗なんて許されない。
　私はそれくらいの気持ちで挑むつもり。
「今日こそは失敗しないようにする……さっき買い物した
時に材料も買って……」
「財布忘れてたけどね」
「うっ……ごめんなさい……」

Chapter 2 ▶▶ 83

　学校帰りに買い物に行った時、お財布を忘れてしまって、蓮くんが支払いを済ませてくれた。

　ああ……。

　何もかもが初めてのことで、これじゃあママにポンコツって言われちゃう……。

「せめて今日こそは、美味しく出来るように頑張るからね！」

　レシピは二乃ちゃんと一緒にアプリを見て決めたオムライスだ。

「それは楽しみ」

　自信はないけれど頑張ろう。

　この前フランスに行ったママと電話で話した時だって、

「一生独身だろうと、ひとりの大人として身につけなきゃいけないことなのよ！」

　……って、言われてしまったし。

　ママの言う通りだ。

　料理のスキルレベルを上げるためにも、私が通らなくてはいけない花嫁修業の課題なんだ！

　身支度を済ませてキッチンに立つ。

　まずは野菜を洗ってみじん切り……っと。

　これがなかなか難しい。

　ママやシェフの人が料理しているのを覗いた時は、スムーズに野菜を切っていた。

　難しそうだなんて思わなかった。

　だけど実際にやってみると……。

「お嬢様。差し出がましいようですが、その歪なニンジンをどうなさるおつもりですか？」

ギクッ……。

確かに不格好すぎるかも……。

様子を見に来た若さんは、目も当てられないとばかりに言った。

「それでは指を怪我してしまいます……！　もっとこう、指先を丸くしてですねぇ」

「ねぇ。もう少し歌鈴を信用してあげたら？」

あわあわした若さんをよそに、落ち着き払った蓮くんの声が飛んでくる。

「心配なのは俺も同じ。でも頑張ってやってる姿を見守るのも、俺らの務めでしょ？」

蓮くんの諭すような声に、途端に胸が甘く締め付けられていく。

「……ふむ。やや正論ですね。しかし、わたしと青葉様では役割は違いますので、そこは間違えないでくださいね！ではわたしは一度撤退します」

若さんが立ち去ったあと、もう一度スマホでレシピを確認しながら、フライパンを火にかける。

料理するって、大変なんだな……。

細かい工程がたくさんあるんだもん。

ママが作るご飯はいつも美味しくて、私もパパも笑顔になった。

それを見ているママも、嬉しそうだった。

Chapter 2 >> 85

　蓮くんは、喜んでくれるかな……？
「飯作ってる後ろ姿って無防備だよね」
「え？」
「ポニーテール揺れてんのも可愛い」
　歌鈴のこういう髪型レアじゃない？なんて言いながら、
私の後ろに立って髪に触れてくる。
「っ、これは……ママのノートに書いてあったの……髪は
まとめなさいって……」
「あれ？　動揺してる？」
「す、するよ……蓮くんがいきなり私の背後に立っ……ひゃ
あっ!?」
　それは突然で……。
　首筋に蓮くんの吐息がかかったからか、肩に力が入る。
　そしてチュッと、艶っぽい音をたてながら、うなじに蓮
くんの唇が触れた。
　たちまち全身が熱くなって、うなじまで汗ばんでしまい
そうになる。
「蓮くん……ってば！　もう……っ、人が料理中になにし
てるのっ……」
「包丁持ってないのは確認したよ？」
　そうじゃないったら……！
　お構い無しに、後ろから腕を回して私の身体を包み込ん
でくる。
　蓮くんは大胆すぎるよ……。
　あの夜の宣言通りか、ホントに遠慮のない蓮くんに、私

はあたふたするしかなくて。

　でも、嬉しいって思っている私がいて……。

　ドキドキと激しさを増す胸の音が今にも蓮くんに聞こえそうで、平常心ではいられなかった。

「……そうじゃないでしょっ、こんなとこもし若さんに見られたら……」

　やっとの思いで弾けるように首を後ろにひねった直後、

「──貴様、そんなに墓穴に入りたいのか？」

　時すでに遅しとはこのことだと思う……。

　瞬間移動が出来ると言われても頷けてしまうほどの速さで、若さんはもうそこにいた。

「そん時は歌鈴も一緒がいいんだけど」

「誰も訪れることのない土地でひとりで入れ。今すぐ入れ」

　笑顔を貼り付けた若さんと、「ダメ？」と首を傾げておどけてみせる蓮くん……。

　さっきまで氷だった若さんが火に変わってるよぉ……！

「ふたりとも……ここはキッチンなんだから！　こんなところで喧嘩はしないでね！」

「お嬢様こそ、このオオカミにはくれぐれも気をつけて、もっと危機感をお持ちください!!」

「オオカミ……!?」

　蓮くんはクスクスと楽しそうに笑っているし。

　あたふたとふたりをなだめて、私はなんとか調理を再開した。

　よしっ……！

Chapter 2 >> 87

　あとは盛り付けをすれば完成だ！

「結婚したら毎日この姿見れる奴が羨ましい」

「……」

　さっき若さんに叱られたっていうのに、蓮くんは懲りもせずに座ったまま私を見つめている。

「まぁそれは俺なんだけどね？」

「なっ……」

「もう結婚して？」

「……」

　発言が自由すぎるよ……。

　蓮くんってば全く聞いてないんだから！

「……で、出来たよ！　オムライス」

　出来上がったオムライスと冷蔵庫から取り出したフレッシュサラダをテーブルに並べる。

　この前のカレーに比べれば、今回はまぁまぁの出来だとは思う。

　蓮くんは少しの間、じーっと湯気のたつオムライスを見つめている。

「……れ、蓮くん、見た目はどうかな？」

　──カシャッ……。

　へ？

　いつの間にか蓮くんがスマホで撮影している。

「あの、蓮くん……？」

「嫁の手料理は永久保存するべきだと思ってるから」

　嫁って……。

「……そんな、この出来じゃ、写真なんて撮るほどじゃないし……それに」

　味だって保証出来るわけじゃないのに。

「名村がよく言ってるアレと同じ」

「二乃ちゃんが言ってるアレって」

　もしかして、若さんを見ては「眼福」と手を合わせてる、アレ……？

　なんか微妙に違う気がするんだけど……。

　スマホを置いてやっとスプーンを手に取った蓮くんを、今度は私がまじまじと見つめる。

　蓮くんのお口に合うかな？

「……えと、おいしー？」

「なに？　聞こえないから隣来て？」

　ひと口食べた蓮くんがチラッと目を上げて、どこかご機嫌そうに私を呼びつける。

「お味は……いかがですか？」

　ドキドキしながら蓮くんの隣に座った。

「ん。うますぎて金とっていいレベルだよ」

「えっ、ホント!?」

「本当」

「やったぁ……！」

　やっとまともな一品が作れたんだ！

　私は心の中でその喜びを噛み締める。

「こんなうまいもん初めて食べた」

「そ、そんな大袈裟な……」

そこまで褒められると口もとが緩む。

「って言ってるけど上出来って顔してんじゃん。いちいち勘弁してよ、可愛すぎてしんどい」

「だって、やっとちゃんとした物が作れて、それを蓮くんが美味しいって言ってくれたんだもん。すごく……嬉しくて……」

　ママもこういう気持ちだったのかなって思った。

　……心がふわっと温かくなる感じ。

「歌鈴が丁寧に作ってくれたからだろ？　そういうとこにまた惚れる」

　バチッと目が合って、蓮くんの微笑んだ表情に鼓動が大きく揺れた。

「俺に何回惚れ直させるつもり？」

「……っ、」

　くしゃりと頭を撫でてくる蓮くんに、私は完全にドキドキしていた。

　どうしよう……。

　こういうこと言われて、またまた嬉しいって思ってる私がいる。

　幼なじみとして思い出をもっと作りたいなんて、そんな控えめなこと言ってる余裕なんか１ミリもない。

　蓮くんに、私の細胞が反応してるんだ。

オオカミと大胆な夜

　夕飯を終えて洗い物を済ませると、すぐに若さんの
チェックが入った。
「ふむふむ。洗い残しはなし。食器の置き方も、まぁ……
いいでしょう」

　小姑丸出しで観察している……。
「ではお嬢様、わたしは一度業務のため自宅へ戻ります。
チームＥを外に配置しますので、何かあればお呼びくださ
いませ」
「わかりました。若さん、お疲れ様です」

　ペコリと頭を下げて若さんが出ていった。

　ふぅ……。

　一呼吸ついてリビングへ戻ると、蓮くんがソファーに寝
そべって難しい顔をしながら何かを読んでいた。
「蓮くん、勉強？　もう期末対策かな？」

　この前中間テストが終わったばかりだけど。

　それにしても、蓮くんがこんなに勉強熱心だなんて知ら
なかった。

　中学までは平均的な成績だった気がする。

　それなのに、ぐんっと成績が伸び出したのは、影でこう
やって努力しているからなのかも。
「期末より難しい」

　あれ？

Chapter 2 » 91

　てっきり読んでいたのは教科書かと思ったけど、経済と
書かれたのが一瞬見える。

　なんの本なんだろう……？

「蓮くん。勉強なら自分の部屋の方が集中出来るんじゃな
いかな？」

「それ逆。無理。歌鈴のそばにいないと全然集中出来ない」

「なに、言ってるの……」

　不意打ちにもほどがある……。

　そもそも私のそばって、どこにも集中出来る理由はない
と思うけど……。

「でもやっぱダメかも」

「……なにか考えごと？」

　本を閉じた蓮くんは短く溜め息をついて、考える素振り
をしてみせる。

　んーって感じで顎に手を添えている。

　そして、ふと私を見つめること数秒……。

「ベタ惚れ以外の表現が見つかんない」

「……はい？」

　蓮くんって、ホントにどこまでも私の予想を超えてくる
ことばかり言うんだから。

「歌鈴は知ってた？　俺がずっとお前にベタ惚れってこと」

「し、知らない……」

　子供の時から「可愛いね」って言ってくれることはあっ
たけど、好きだなんて言われたことはなかった。

　……けど、蓮くんはふざけてる様子はなくて。

体勢を変えることなくこっちに視線を送っている。

　蓮くんの気持ちは伝わってくるけど、付き合ってとか言われたことはないわけで……。

「じゃあ独占欲強いってことは？」

「わかんないよ……てか、考えごとしてたんじゃ……」

「ん？　そうだよ。気になって仕方ないのは本当」

　なにを？と聞こうとしたけれど、それよりも蓮くんの方が速かった。

　グイッと、私の手を奪って強引に抱き寄せる。

「蓮く……っ、」

　──ドサッ！！

　悲鳴をあげる間もなく、私は蓮くんの上に飛び込むような形になっていた。

　何がどうなってるの……？

　蓮くんの身体に重なるように私は乗っかっていて……。

　ふわりと蓮くんの香りが鼻をくすぐった。

　驚いた私が手をついて、反射的に顔を起こせば。

「いいよね。たまには歌鈴に見下ろされんのも。好き」

　フッと涼し気な笑みをこぼしてご満悦な蓮くんの顔がそこにある。

　心臓が飛び出しそうになった。

「なっ……!?　もう……こんなことして……っ、」

　反論を試みた私だったけれど、

「この前楽しそうに話してたあの男、誰？」

「……!?」

Chapter 2 >> 93

　最後まで反論させてもらえず、蓮くんはすかさず問いか
けてきた。

　口もとは笑っているのに、ブラウンの瞳はどこか不機嫌
そうな色を含んでいる。

　あの男って……と、記憶を呼び覚ます。

「あ、もしかして……理人先輩のこと？」

　心当たりがそれしかないし……。

「ふーん。もう名前で呼んでるんだ？」

「……それは、みんながそう呼んでて……」

　そもそも、楽しそうに話してたつもりはないんだけど。

「どうすんの？　そいつが歌鈴に手ぇ出そうとしてたら」

「……手出すなんてありえないと思う。接点だってないし、
お互いのことも知らなくて。理人先輩みたいに有名な人が
私なんて……」

　至近距離で見つめられて、心臓が全力疾走したあとみた
いに激しくなるから、私は必死に口を動かした。

　そんな私の様子を見ていた蓮くんは、はぁっ……と小さ
く溜め息をついて、

「歌鈴はもっと危機感持たなきゃダメだよ」

「え……、危機感？」

　その真意がイマイチわからなくて首を傾げてみせると、

「だから、こういうこと」

　蓮くんの両腕が私の背中をホールドした。

「……ちょっと、蓮くん！」

「捕まえた。もう逃げらんないね？」

余裕さえ見せる表情で、息を吐くように笑った。
「……ダメ。離してよ……蓮くんっ」
　こんなの恥ずかしすぎる。
　蓮くんの上に覆い被さるみたいになって、さらには蓮くんにギュッと捕まえられてるんだもん。
　すぐにでも逃げないと私の身がもたない。
　ドクドクと加速する心臓の音まで、蓮くんに聞こえちゃいそう……。
　ううん、もう聞こえてるかもしれない。
「若さんにも言われたろ。オオカミには気をつけろって」
「きゃっ……どこ触ってるの……っ！」
　私のお腹辺りに蓮くんの腕が触れている。
「好きな子に触りたいって思うのは自然なことでしょ？」
　こっちの主張なんて聞き入れてもらえるはずもなく。
　今度は蓮くんの指先が、私の首筋をツーとなぞった。
「……んっ、やめてよ……」
　肌が震えるような感覚に、堪らず身をよじらせる。
「なにその可愛い顔。我慢も限界きそう」
　なんとか逃げようと蓮くんの胸を両手で押し返す。
「離してやんないよ。こっちはずっと我慢してんの」
　我慢……!?
「……って言われても、私は花嫁修業中の身なんだよ!?こんなこと、我慢してくれないと困……」
　言いながら拒む私の手をいとも簡単に奪うと、
「じゃあ、我慢の仕方教えて？」

Chapter 2 ›› 95

　まるでキスでもするかのように、その綺麗な顔を近づけ
てきた。
　絞り出す声がやけに色っぽくて、じわりと熱を帯びた顔
から火でも吹き出しそうになる。
「恥ずかしいの？」
「当たり前でしょ……っ、こんな近くで」
「なんで？　毎朝俺を起こす時、俺の顔すげぇ見てくんの
は歌鈴なのに？」
「へっ!?　なんでそれを！」
　って、しまったぁ……!!
「……ぷ。やっぱり見てんだ」
「うぅっ」
「熱心に俺を見てる歌鈴の視線、めちゃくちゃ感じる」
　綺麗な寝顔だから釘付けになってしまうのは本当のこと
だけど……。
　悔しい……。
「俺だってそう。瞬きさえもったいない。そんくらい歌鈴
のこと見てたいよ」
　甘い声で囁くと私の手を絡め取っていく。
「抵抗しないの？」
　させてくれないのは蓮くんでしょ……。
　口には出来ずに心の中で悪態をついた。
「だったらこのままキスしたいくらいなんだけど」
「キス………!?」
　ていうかもう唇以外にもされてるわけで。

ダメだって言ってるのに、やっぱり蓮くんは聞き入れて
なんかくれない。
　　目を見開いたまま蓮くんを見れば、
「ねぇ。可愛い顔してもダメ。どうせ開けんなら口にして？」
「……っ、!?」
「その方がもっと深いキス出来る。その先も全部したい」
　　その意味がとてつもなく大胆すぎて、私は慌てて口もと
を手で覆った。
　　……あれ？
　　期待とは裏腹に、何も起きないことにゆっくり目を開け
てみる。
「残念だけどこれ以上はやんないよ？　本気で止まんなく
なる」
　　寸止めした蓮くんは意地悪な口調で言った。
「それに、あくまでも俺はお目付け役だからね」
「そ、そうだよ！　だからこんなこと……もう絶対にダメ
だからね！」
「しないよ？　歌鈴が俺を好きって言わない限り、続きは
してあげない」
「……なっ、なにそれ！」
　　まるで私がしてほしかったみたいな言い方をされて、恥
ずかしくて目も合わせられない。
　　本当に、蓮くんはどこまでもズルい。
　　きっと、もうとっくに私の気持ちなんて見透かしてるく
せに……。

でも、私も蓮くんのことを言えない。

数年後には、こんな風に過ごす夜が消えちゃうのかもしれない。

本当は、隣にはいつだって──。

蓮くんがいてほしいなんて、私のわがままだよね。

心の奥底ではそんなことを思ってるくせに、パパやママの前では絶対に言えなくて、ずっと本音を隠してる私だってズルい……。

極上に甘い休日

　11月の最初の日曜日。

　夕飯の買い物を済ませて、小言が止まらない若さんと帰宅していた時のこと。

　蓮くんはお家で勉強中。

　今日も難しそうな本を読んでいた。

「チームＣ。現在お嬢様と帰宅中だ。引き続き不審な人物がいないか見張りを続けろ」

　……私のすぐ後ろを歩く若さんのほうが、もはや不審者のようだった。

　今日のメニューはクリームシチュー。

　蓮くんは、美味しいって言ってくれるかな……？

　オムライスを食べてくれた時の笑顔が、脳裏に浮かんでくる。

「お嬢様。ひとつお伺いしてもよろしいですか？」

「次はなんでしょうか……」

　さっきは、蓮くんと適切な距離をもっと保ってって言われたばかり。

「わたしが自宅へ戻ったあの晩、青葉様とは本当に何もなかったのですよね？」

　ギクッ……!!

　若さんはニコリと笑顔を作っているけど圧を感じる。

「なにも、ありません……よ？」

Chapter 2 >> 99

「……ほお。ではなぜ目が泳ぐのでしょうねぇ」

　ジーッとほぼ白目状態で私を見つめる若さんの破壊力が
やばすぎて震える……。

「……やましいことなんて、ありませんから！」

　私は必死に誤魔化した。

「いいですかお嬢様。たとえ幼なじみと言えど、お嬢様に
特別な感情を抱いているわけですから用心なさって頂きた
いのです」

　一理あるかもしれない。

　だって、あの夜の蓮くんはキス以上のことだって本当に
しちゃいそうで……。

「そしてしっかり花嫁スキルを身につけて、旦那様と奥様
が帰国なさる頃には素敵なレディになられているように致
しましょう」

　思い出すだけで顔が熱くなってくる。

　でも、これまでに私が身につけたことと言えば、洗濯と
初心者レベルのお料理スキルだけ。

　あと、幼なじみはオオカミなんだってこと。

「むっ！　殺気を感じます！」

「へ!?　殺気……ですか？」

　突然若さんが声を張り上げた。

　目で人を倒しそうな勢いでハッ!!と振り向けば、

「あ、やっぱり歌鈴ちゃんじゃん」

　その声とともにすーっと現れたのは、見覚えのある黒い
車だった。

「えと……理人先輩……？」

「お嬢様がお買い物？　社会勉強？」

　私達の横で停車した車の窓から、理人先輩がひょこっと顔を出した。

　けれど、私は一瞬目が点になる。

　休日だからか、理人先輩はスーツを着ていて、チェックのネクタイを締めていた。

　その姿はさすが花咲財閥の御曹司って感じで。

「あー、これ？　ネクタイとか好きじゃないんだけど、会食だったからねー」

　私の視線に気づいた理人先輩がネクタイをヒラヒラ揺らしてみせる。

「そうなんですね。いつもと雰囲気が違ったからビックリしました……」

　長めのダークブラウンの髪はワックスで無造作にアレンジされている。

　清潔感があって、品もある。

　シルバーのピアスはつけたままだけど、さらに大人っぽい雰囲気を醸し出していた。

「どっちが好き？　いつもの俺とこっち」

「……って言われても、理人先輩のことはあまり知らないですし」

「今はそうかもしれないねー？」

　今は……？

　窓から不敵な笑みを覗かせた理人先輩。

「理人様。大変恐縮ですが、その件はまだ口外禁止でございま──」

「わかってるよカイル。心配してくれんのは嬉しいけど、もっと俺のこと信用してよ」

　カイルさんは、運転席からこちらに会釈する。

　すぐに90度のお辞儀で応える若さん。

　カイルさんは、一歩間違えたらヤバい人に見えかねない若さんとは真逆かも……。

「それ重くないの？　送ってくから乗りなよ」

「いえっ、大丈夫です……！　ぜんぜん、これくらい自分で持てま……」

「ダーメ。可愛い歌鈴ちゃんに何かあったらどーすんの？ちゃんと家まで送ってくから安心して？」

　そう言われても私は今蓮くんと同居中なわけで……。

　なんて言おうかと言葉を探していると、

「申し訳ありませんが、これもお嬢様の課題でございますので、丁重にお断りさせて頂きます」

　若さんが、完璧すぎるタイミングで助け舟を出してくれたのだ。

「へぇ。花嫁修業って、ホントにしてたんだねー」

　だからなんで知ってるの……？

　教室に来た時、あのノートを見られたとか？

「──妻ひとりに買い物なんか行かせるわけないのに」

「え？」

　私があれこれ考えていると、理人先輩が何かを呟いた気

がした。

「んーん。明日が楽しみだねって言ったの」

　ポカンとしていると、理人先輩は「またね」と歯を見せて笑った。

　そして、車が発進してあっという間に去っていった。

「そんなに学校へ行くのが楽しみなのでしょうか。今どき珍しい青年ですねぇ。勉強が嫌いなわたしはサボりの常習犯と呼ばれてましたが……」

「若さん、それパパの前では言っちゃダメですよ……」

　しまった！と口に手を当てる若さんとともに、私は蓮くんの待つ家へと帰った。

　明日、何かが起ころうとしているとも気づかずに。

「遅かったね。心配しすぎて捜索願い出そうかと思ったんだけど」

「……」

　パパみたいなことを言ってくる蓮くんは、スマホを手に、案の定家の前で待っていた。急いで家の中に入り、キッチンへと向かう。

「ご……ごめんね蓮くん！　すぐにご飯の準備するからね……って、蓮くん!?」

　いきなり、キッチンに立つ私を後ろからギュッと抱きしめてきた。

　ドキッ……と、おとなしかった心臓が大袈裟なくらい反応する。

Chapter 2 >> 103

「ちょっ、なに……してんのっ」
「不足しすぎて何も手につかないから」
「蓮く……髪、くすぐったい……」
　首元に蓮くんの髪がふわりとかすめていく。
「若さんが自宅へ戻ったのをいいことに……もう！」
「ダメ？」
　まるで甘えるような声のトーン。
　こんな風に求められて、嫌だなんて思わない私はおかしいのかもしれない。
　むしろ、蓮くんに触れられて嬉しいって感じる。
　それは私の中で、蓮くんに対する気持ちがどんどん大きくなっているからだ……。
「歌鈴って、ぜんぜんわかってないよね」
「……なにが？」
「自分の存在自体が卑怯ってこと」
「……私が、卑怯？」
　思いがけない言葉に、顔を半分だけひねって蓮くんを見上げた。
「そう。お前の後ろ姿だけでも可愛すぎてしんどい。卑怯だろ？」
　……と。
　艶のある声を落として不敵に微笑んだ。
　自分の後ろ姿なんて知らないよ……っ。
「……っ、そんなこと言うの、蓮くんだけだよ……」
「むしろ俺だけでいい。だから、他の奴にその可愛さ振り

撒かないで？」

　こういう時の蓮くんとは、やっぱり話が噛み合わないと思う……。

「てか、ご飯作るから。蓮くん……もう離して？」

　このまま触れられていたら、心臓がおかしくなる。

　さっきまで寒空の下にいたのに、もう身体中が熱い。

「その前に確認していい？」

「んと、なに……？」

　今度はどんな自由な発言をするのかと構えてドキドキしていたんだけど、

「電球は？」

「えっ？」

　電球……？

　これは、まさかの展開だった。

「風呂場の電球。昨日切れてるって言ってなかった？」

「あっ──!!」

　そうだった……！

　『水周りは常に清潔に！』って、課題の通りお風呂掃除をしていたんだけど。

　ピカピカにしたあと、蓮くんが様子を見に来て、電球が切れてるって教えてくれたんだった……。

　今日買いにいくって張り切って言い出したのに。

「ごめんなさい、忘れました……」

　痛恨のミス。

　買い忘れはないはずだったのにな。

Chapter 2 >> 105

「ぷっ。だと思った。いいよ、あとで俺が買ってくる」

　ポンっと私の頭を撫でて、蓮くんがクスクス笑った。

　うぅ……。

　買い物も未だにまともに出来ないなんて、これは若さんからまた小言を言われるに違いない。

　買い忘れというミスをやらかした私だけど、前回失敗したシチューのリベンジに成功した。

　この前は原型を留めていなかったジャガイモだって、「ちゃんとジャガイモじゃん」って。

　蓮くんは美味しいって言いながら、おかわりしてくれたんだ。

　だからまた嬉しくなって、最初は花嫁修業なんてって思ったのに、次も頑張りたいなって今は思ってる。

「蓮くん、お風呂にお湯溜まったよ？」

　呼び出しボタンを止めて、リビングのソファーでまたまた難しい本を読んでいる蓮くんに声をかけた。

「先に入りなよ」

「……いいの？」

　ママのノートには『主様に一番風呂を』って書かれていたんだけど。

「いいよ」

「……ありがとう。じゃあ、お言葉に甘えて」

「って言いたいとこだけど、ダメ。これ読み終わったら行くから待ってて？」

「うん……って。え!?　待つ……？」

「そうだけど」

「私、ひとりで入るから……っ、それともやっぱり蓮くん
が先にどうぞ！」

「は？」

「だって、一緒にお風呂に入ったのは子供の頃で……っ」

　手をぶんぶん振り回す私に、蓮くんは不思議そうに眉を
ひそめた。

　けど、すぐに得意気な顔をしてみせる。

「歌鈴は暗い風呂に入るのが好きなわけ？」

「えっ？」

「俺が待っててって言ったのはドラッグストア行くから。
電球買い忘れたんじゃなかった？」

「あっ……」

　クスッと声を漏らした蓮くんに、私の思考は停止した。

　ちょっと待って……。

　これ、完全に私の勘違いだよね!?

　その事実をしっかり理解した途端、私は赤面した。

「期待に応えてやれなくてごめんな？」

「〜〜……っ」

「それにもう子供じゃないんだろ？　だったら、さすがに
今のお前の裸見たら俺も我慢出来そうにないよ」

　自分の思い込みが招いた結果に、恥ずかしすぎて直立不
動のまま動けない。

「けど──」

Chapter 2 >> 107

　そんな私をよそに、探るような瞳をした蓮くんが目の前
までやってきた。
「やっぱり一緒に入る？　久しぶりに」
　俯いていた私の視界に、蓮くんの意地悪な顔が飛び込
んでくる。
「なっ!?　入らないってば……！」
「残念」
　なんて言いながら、上着を羽織って玄関へ向かう蓮くん
を追いかけた。
「からかわないでよ……っ、さっきは確かに私の勘違いだっ
たけど……」
　それに電球だってこんな時間に買いにいってもらう羽目
になっちゃったし……。
「歌鈴、忘れないでくれる？」
「ご、ごめんなさい……っ。次こそは買い忘れがないよう
に……」
「違うそうじゃない」
「え？」
　靴を履いた蓮くんを見上げて、目が合った瞬間。
　私の頭の後ろに手を回すと、蓮くんはそっと自分の方に
引き寄せた。
　ぐんっと近づいて、距離がゼロになりそう。
「蓮く……っ、」
　キスされるかも……。
　そんな予感に身体に力が入った私の唇を通り越して、

「結婚したら毎日一緒に入りたいってこと」

「……っ!?」

　私の髪をすくうと、「忘れないでね花嫁さん」と……耳元で甘く囁いた。

　そして、今にも溶けてしまいそうな私の頬にキスを落とすと、蓮くんは玄関を出ていった。

　入れ代わるように入ってきた若さんは、その場で悶える私を見て……。

「チームＥ！　ただちに医療班を……！」

　今度は私が若さんに勘違いさせてしまったのだった。

Chapter 3

婚約者の正体

　日曜日が明けて、次の日の昼休み。
　私はいつものように二乃ちゃんとお昼ご飯を食べなが
ら、近況報告の真っ只中。
「だから言ったじゃない！　青葉くんからの溺愛には覚悟
しておきなさいって！」
　相変わらず声が大きい二乃ちゃんが私に指をさした。
　チラッと蓮くんの方を見る。
　期末試験もあるからか、勉強教えて！と、女子に囲まれ
ている。
「いいわねそんな甘い休日過ごせて。わたしも若さんとイ
チャコラしたいわ」
「こっちは心臓持たないよぉ……」
　蓮くんと私の関係は、もうただの幼なじみだなんて言え
ない……はず。
「青葉くんはもう好き丸出しじゃん。幼なじみ以上でしか
ないと思うのよねぇ。まあ、さすがに歌鈴もわかってるで
しょ？」
「ん……」
　二乃ちゃんに胸の内を読み取られたみたい。
　自惚れかもしれないけど、蓮くんと同居して、ストレー
トな表現でわかった気がする。
「だったら、おじ様が帰国したら、しっかり自分の意志を

伝えるのがいいと思うのよね」

　いつになく真面目にアドバイスをしてくれる。

「うん。そのつもり……だから、そのためにも花嫁修業を
頑張って、パパとママに認めてもらいたいの！」

「ほーん。で、その花嫁修業の一環で作ったのがこちらの
お弁当ってこと？」

「うぅ……」

　私が作ったお弁当……らしきものに二乃ちゃんの痛い視
線がささる。

　卵焼きは焦げてるし、形は歪……。

　蓮くんにお弁当をって思ったけど、失敗作だ。

「ねぇ、青葉くん。その卵焼き焦げてない!?」

　隣から聞こえてくる女子の声に私はハッとして目をやっ
た。

　蓮くんってば、なにも女子の前でお弁当を広げなくても
いいのに……っ。

「ホントだ！　食べない方がいーんじゃない？」

　だけど蓮くんは──。

「なに言ってんの？　逆でしょ。食べない方がもったいな
いよ」

　またそうやって、私を喜ばせる発言を平気でする。

「だってさ？　今の聞こえた？」

「う、うんっ」

　嬉しくて顔がニヤけてしまいそうになる。

「なーに顔赤くしてんのよ。嬉しいなら素直に小躍りでも

しなさいよ」

「……二乃ちゃん、ここでいきなり踊り出したらただのヤバい奴でしょ」

　……と、その時だった。

「それひと口ちょーだい？」

「へっ？」

　背後から降ってきた声に、私と二乃ちゃんが振り返った。

「理人先輩!?」

「出たわね!!」

　驚く私と、失礼極まりない発言をする二乃ちゃんの後ろには、理人先輩が立っていた。

　どおりで、廊下から女子のはしゃいだ声が聞こえてきたわけだ……。

「歌鈴ちゃんが作ったお弁当？」

「……えっ、そうですけど」

　例の卵焼きに視線が送られて、私は慌てて隠した。

「なんで隠すの？　見せてよ」

「これはその……失敗してしまったので……っ、恥ずかしいんです！」

「頑張って作ったんでしょー？　そういう子俺は好き」

　好きって……。

　その単語になぜか二乃ちゃんがサンドイッチを喉に詰まらせている。

　私が反応に困っていると、

「日曜日、空いてる？」

理人先輩は私達の隣の空いてる席に座ってにこやかに問いかけてきた。

「……えと、日曜日は期末試験の勉強をしようと思って」

花嫁修業もあるし……やることは山積みだ。

「そっかー。花嫁修業もあるだろうし、また誘うよ」

まるで心の声を言い当てたみたいに言うから、今度は私が焦りだした。

「あの、日曜日……なにかあるんですか？」

恐る恐る尋ねてみれば、理人先輩がクスッと笑った。

「これ、一応デートに誘ってんだよね」

「デート!?」

……と、大声で叫んだのは私ではなくて二乃ちゃんだ。

「そ。歌鈴ちゃんのこともっと知りたいから」

「私の、こと……？」

「もちろん俺のことも知ってほしいし。まぁ、本音を言うとヤバそーなあのふたりがいないところで歌鈴ちゃんを独り占めしたいってだけなんだけどな」

ヤバそーなふたり……？

おかしそうに軽く笑った理人先輩の視線を辿ると……。

「ヒッ……」

またしても若さんと蓮くんがこちらに呪いでもかけるような視線を飛ばしていた。

「断った方がいーんじゃないの歌鈴！」

そして前回同様、二乃ちゃんも私の肩をぐっと掴んで耳打ちしてくる。

「う、うん……でも理人先輩は私のことをなにやら知ってるような気がして。それがどうしても気になるんだよね」

「んなこと言ってる場合じゃないでしょーが！　見なさいよ！　青葉くんとわたしの最推しの若さんがヤバい目付きでこっちを見てるわよ!!」

「……ヒェッ。ど、どうしよ！」

　これはかなりヤバい。

　なんとかこの状況を回避しないと……。

「ちなみにわたしは青葉くん加勢派だからね！」

　今そんなことは聞いてないって!!

「いきなり手出したりしないから安心して？」

「なっ!?」

　コソコソ相談していると、物騒な声がしたのでパッと顔を上げた。

　動揺を隠せないまま、理人先輩と目が合った。

「あ、でも。やっぱり前言撤回だな」

　独り言のように漏らして、ちょっと顔を傾けながら私を見つめている。

　そして、理人先輩の指が私の髪の先を絡め取った。

「好きな子相手に我慢しろってほーが無理だろ。どんな拷問だよ」

「……っ、」

　理人先輩、今……好きな子って言った……？

　困惑に満ちた私が固まっていると。

「申し訳ありませんが、近いです！　いくら花咲財閥の御

曹司とはいえ、お嬢様とは適切な距離を保って頂きたい！」

　どこから取り出したのかメガホンを口に当てた若さんが廊下から叫んでいる……。

「へぇー。カイルから聞いた話の通り相変わらず若さんは厳しいね？」

　相変わらず……？

「あの、前から思ってたんですけど、私のこと知ってるんですか？」

「そーだよ。だって俺と歌鈴ちゃん、もっと昔に何度か会ってるから」

　え……？

「そろそろ戻るよ。これ以上ここにいたら、ヤバい奴に締められそうだからねー」

　すぐ横から凍えるほど冷たい視線を送っている蓮くんを見ながら。

「あんまり待てない性格だから、俺のこと早く思い出してね」

　……と。

　楽しげに微笑んだ理人先輩は教室をあとにした。

「誕生日パーティーで会ったとか？」

　理人先輩が去ったあと、昼休みの残りの時間を使って私達は考えていた。

「んー、でも、小さい時の記憶にも理人先輩がいた憶えがなくて……」

「お嬢様、幼少期の頃に毎年行っていたクリスマスパーティーでお会いしたとかではないでしょうか？」
　……なぜだか若さんまで推理(すいり)に混ざっている。
　もちろん、教室と廊下の境界線は超えていない。
　そして、二乃ちゃんの鼻の下が伸びきっているのは言うまでもない。
「クリスマスパーティーかぁ……シャングリラってホテルで行われて、子供の時いつも楽しみだったのは覚えてる」
　その時は蓮くんも一緒に参加していた。
　パパが、その方が歌鈴が喜ぶからって蓮くんも誘ってくれたんだよね。
　小さな蓮くんは、私にオモチャの指輪をプレゼントしてくれた。
「結婚指輪だよ」って……。
　優しい思い出に、顔がほころんでいく。
「わたしは当時、まだ音無家に仕えてませんでしたのでわかりかねますが……しかし、やんちゃな少年がいたと旦那様から聞いたことがありますねぇ」
　やんちゃな男の子……。
　そこで何か思い出せそうだったけれど、残念ながら予鈴(よれい)が鳴ってしまった。
「会議はまた次回に致しましょうか、お嬢様」
「はい！　わたしも喜んで参加しますので、いつでも呼びつけてください！」
　誰よりも張り切っているのが二乃ちゃんである。

Chapter 3 ≫ 117

　結局、理人先輩とはどこで出会っていたのかわからない
ままだった。
　そして次の日、事態は急変した。
「俺の分はー？」
「……」
　昼休み、またしても理人先輩が私の教室にやってきた。
　廊下からこちらに集まる視線がものすごい……。
　それはそれは突き刺さってくる。
　もはや貫通の域……。
「ちょ、理人先輩だ！　もうやだ、カッコよすぎて心臓止
まるって」
「いっそのこと止まってくれ。ライバルはひとりでも少な
い方がいいからね！」
　廊下では校内戦争が起きそうだ……。
「俺も歌鈴ちゃんのお弁当食べたかったのになー」
　私の目の前に座るとニコニコした顔を向けてきた。
「……そう言われても、こんな初心者向き丸出しのお弁当
じゃ、人に見せるのも恥ずかしいくらいですし」
「そ？　俺は奥さんが作ってくれた弁当なら自慢して歩く
んだけどねー？」
　奥さん？
　なんだか蓮くんと思考が似ているような気がする……。
「私は、理人先輩の奥さんではないですから……」
「俺思うんだけど、こんなに可愛い子と結婚出来るとか幸
せすぎだよね」

私の話、聞いてますか……？

　困り果てた私がそばにいる二乃ちゃんに助けを求めよう
としたけれど、

「なんなら、今すぐさらいたいくらいだよ」

「わわっ……!!」

　それは突然だった。

　理人先輩が私の肩を抱き寄せてきたから。

「ほっそ」なんてからかう口調で言いながら、私の顔を
覗き込んでいる。

「ちょ……っ、やめてください……」

　みんなが「理人先輩と大接近モードに入るなんてお嬢様
とはいえ到底許される行為ではない！」と苦情が飛び交っ
て、鬼の形相で見ている。

　なにより、蓮くんの視線が……。

「俺とふたりきりの時、可愛いお嬢様はどんな顔すんだろー
ね？」

「ふたりきりになんてなりません……！」

「そんな口きいちゃっていーの？　俺は近い将来、歌鈴ちゃ
んの──」

　言いかけて、理人先輩の唇が近づいたその瞬間。

「──ダメ。俺のだから触んないで」

　頭の上から断定的な低い声が降ってきた。

　同時に、胸の当たりに回された誰かの手は、私を理人先
輩から引き剥がした。

「警戒心持てって教えたのに」

Chapter 3 ≫ 119

　……不服そうに耳元で落とされた声は蓮くんのもので。
「れ、蓮く……っ、」
　反射的に顔を上げれば、ミルクティー色の髪が視界に飛
び込んできて。
　どう見ても、不機嫌を全開にした蓮くんがいた。
「やっときたね、青葉蓮くん。待ちくたびれたよ」
　理人先輩は、まるで挑発するかのようにヘラっと笑って
みせた。
「いきなりこいつに触んないで」
「なに？　もしかして怒ってるの？」
　問いかけられた蓮くんの右腕は、私を後ろから掴んで離
さない。
「怒ってるってよりも、焦ってる」
「へぇ？　俺が歌鈴ちゃんに手ぇ出そうとしてんの見て、
イケメンでモテ男の青葉蓮も嫉妬――」
「歌鈴がびっくりした顔もいちいち可愛いだろ」
「……は？」
「特大溜め息出るレベルで可愛いから、他の奴に見せたく
なかったんだよね。だから焦って当然だと思わない？」
　真顔で言ってのける蓮くんに、その場のみんなが唖然と
している。
　……れ、蓮くん？
「……焦るって、そこかよ」
　理人先輩が呆れ顔で蓮くんを見た。
「そういう歌鈴を見ていいのは、俺と名村と墓穴掘るのが

趣味な若さんだけなんだよね」

　なぜか若さんと二乃ちゃんがふたり仲良く並んで「うむ」と頷いている。

　仲裁に入ってはくれないらしい……。

　てか若さん、いつもの「近いです!!」を、なぜここで言わないの!?

「ひゃあっ……！」

　どうしようと思っていたら、蓮くんの手が私の顔にするりと伸びてきた。

　半ば強引に自分の方へと向かせると……、

「ホント、無自覚で可愛さ振り撒くからタチが悪い。毎日我慢してる俺の身にもなってほしい」

「っ、」

　はぁっ……と短い溜め息をつきながら、蓮くんは私のおでこに自分のおでこをコツンと合わせた。

「なにそれ。浮気ギリギリのラインって感じだねー」

「う、浮気……!?」

　理人先輩はケラケラと笑っている。

「いいよ、許してあげる。俺は出来るだけ寛大な主人でいたいタイプだし」

　理人先輩の放つ言葉はおかしなことばかり。

「そうやって幼なじみでいられんのは今だけだから」

　仕方ないよねー、と鼻で笑った理人先輩からは余裕さえ感じた。

「なにが言いたいわけ？」

その真意に気づいたらしい蓮くんに、理人先輩は妖しく笑ってこう言った。

「なにって、歌鈴ちゃんは将来、俺の可愛い花嫁さんになるんだよ」

え……？

突然出てきたその単語に、私は呼吸すら忘れた。

「思った通りだ。何も聞かされてないんだね？」

待って……。

私が理人先輩の花嫁になるって？

「知らなくても当然か。まだ歌鈴ちゃんの耳には俺のことを入れないようにって話だったから」

パパとママから一度だって理人先輩の名前も、花咲財閥のことも聞いた覚えなんかない。

けれど思い返せば、理人先輩はたびたび、意味深なことを言っていた。

私のことも若さんのことも知っていて。

それは自分が婚約者だったから……？

「嘘……でしょ……」

不本意な形で知らされた婚約者の正体に、頭の中が混乱する。

婚約の話が進められていることは、若さんからの情報を得ていたこと。

だけど、まさか同じ学校に婚約者がいるなんて聞いてなかった。

まさに寝耳に水……。

「だからいいよ。今だけそうやって、彼氏気取りしてな？」
　教室から出ていこうとした理人先輩は、蓮くんへともう
一度振り返った。
「どうせいくら足掻いても、歌鈴ちゃんはキミのものには
ならないんだから」

ライバル宣言

「聞いてないよ……っ、それならフランスに行く前に言ってくれればよかったのに。婚約者は同じ学校にいるって！」

　その日の夜。

　ようやくパパと電話が繋がったのは、お風呂から出たあとだった。

「そうそう、パパの同級生の息子さんでね。背だって伸びて美少年になっていてパパも驚いたよ。理人くんみたいなイケメンになりたい人生だったよ、パパは……」

　……そんな情報は一切求めていない。

「婚約の話は聞かされてたけど、私は理人先輩のことよく知りもしないのに……」

「歌鈴はまだ小さかったから覚えていないかもしれないけど、クリスマスパーティーで何度か会っているんだよ」

　その推理は若さんと二乃ちゃんとしたけど、謎のまま。

「理人くん……なんて男の子いたかな？」

「幼い頃の理人くんはやんちゃで、イタズラっ子でね。今とは雰囲気がまるで違う。だから歌鈴が思い出せなくても無理はないよ」

「うーん。理人……理人……」

　あっ……なんか思い出せそうかも？

『……音無歌鈴！　こっちに来い！』

　一瞬だけ脳裏に蘇ったのは、ものすごく怒った顔をした

男の子だった。
「もしかして、私に──」
　ギリギリ思い出せそうなところで、私の身体は後ろから
包まれた。
「っ、……!?」
　ドキンッと、心臓が大きく飛び跳ねる。
　なにしてるの……!?
　パパと電話中に……今はマズいってば！
　べたっと体重をかけるようにした蓮くんが、後ろから私
を抱きしめてるんだもん。
「理人理人って。電話の相手は圭吾さんじゃなかったの？」
　受話器越しでは聞こえないくらいの声のボリュームで、
ヒソヒソと耳打ちしてくる。
　弾けるように見上げれば、ものすごく不機嫌な眼差しが
注がれていた。
「もちろんパパに決まって……ひゃっ……」
「歌鈴!?　どうしたんだい!?　まさか不審者でも侵入して
きたか!?」
　慌てふためくパパの大きな声が響いた。
「ううん……私は大丈夫だから……っ、もう！　やめてっ
たら……」
　私の髪を指でくるくるしたり、くすぐろうとしたり。
　キッ！と蓮くんを見やる。
　不審者扱いされているっていうのに、蓮くんは意地悪な
笑みを見せてべっと舌を出す。

Chapter 3 ›› 125

「若は何をやっているんだ！　大事な歌鈴に何かあってみ
ろ！　墓に埋めてやるぞ！」

　……若さんの口癖のような"墓穴を掘れ！"は、きっと
パパからきているんだろう……。

「今から音無家のチームをフル出動させるから待っていな
さい!!」

「パパっ、違うの！　大丈夫だよ……！」

「本当に大丈夫なのか!?」

「うん……！　と、とにかく私は今すぐ婚約するわけじゃ
ないし、パパが望むように……えと、理人先輩と親しくは
出来ないからね！」

　それに、ふたりが帰国したら、その時は私の正直な気持
ちを伝えたい。

　私がずっと好きなのは、蓮くんだって……。

「もちろんわかっているさ。ママも応援しているから、歌
鈴は花嫁修業を頑張るんだよ！」

　しっかり返事をして電話を切ったあと、私はすぐに後ろ
を振り向こうとした。

「あ、終わった？」

　けど、蓮くんがギュッと私を抱きしめているせいで身動
きが取れない。

「蓮くんっ、なんの真似《まね》……!?　パパに怪しまれたらどう
するの！」

「怪しまれるって？」

　どんな顔をしてるか見えないけれど、悪びれた素振りは

まるでなし……。

「……だ、だから、こんなことになってるって、もしパパに……」

「俺と歌鈴が、幼なじみ以上なことしようとしてるって？」

「……!?」

「うん。やっぱり驚いた顔も可愛い」

　フッと満足気にもらした笑みに、私の顔はじわりと熱くなった。

　こんなの不意打ちを通り越してるよ。

　私に卑怯なんて言ったくせに、蓮くんの方がずっと卑怯だと思う。

「だからアイツにはもう見せんなよ」

　アイツとは理人先輩のことだ。

　くるんっと私の身体を回転させて、確かめるように顔を近づけた。

　そして、蓮くんにポンッと頭を撫でられる。

　それが嫌じゃなくて……嬉しくて。

　ドキドキ高鳴る胸を押さえながら、「うん……」と呟くのが精一杯だった。

　次の日、事態は悪化した……。

「ここ、雰囲気いいね？　二乃ちゃんはどう思う？」

「これは一度でいいから泊まってみたいわねぇ」

　二乃ちゃんと"クリスマスに行きたいデートスポット特集ガチ調査！"というインスタの注目記事を見ていた時の

ことだ。

「貸切にするからスイートルームに泊まる？」

「……」

　もうすっかり聞き慣れた声を耳が拾った。

「何泊したいー？　歌鈴ちゃんのためなら２年先まで予約
待ちのそのホテルおさえるよー？」

「また出たわね御曹司!!」

　唖然として口を開けている私の横から、大変失礼な態度
で二乃ちゃんが突っ込んだ。

「あれー？　もしかして、俺って歌鈴ちゃんの友達から嫌
われてんの？」

　すると二乃ちゃんは、若さん顔負けの眼力を放ち、

「推せるか推せないかで言えば圧倒的に推せませんね。歌
鈴と青葉くんを知る者としても、わたしは青葉くん加勢派
で──」

「もしよかったら、このホテル予約するからキミも来る？」

「全力で推させて頂きましょう」

　……親友が手のひら返しをする瞬間を初めて見た。

「ってことだけど、歌鈴ちゃんも来るよね？」

「……行きません！　それに、昨日パパとも話しましたが、
私と理人先輩はまだ婚約してないですし……」

　するとも言ってないんだけど……。

「その通りだね。じゃあやめとくよ」

　……え？

　理人先輩があっさり引いてくれた？

「いつにする？　デート」

「……は、はい？　今やめとくって」

「外泊はね？　さすがに圭吾さんの許可もおりないだろう
し。それに、俺らってまだお互いのこと知らないから」

「……それは、そうですけど」

　理人先輩のことは女子が騒いでいる情報しか知らない。

「だから俺のこと知ってほしい。歌鈴ちゃんのことも教えて
よ」

　……と、またもや理人先輩が妖艶な笑みを浮かべながら
私に手を伸ばした。

　──けれど。

「俺にも教えてよ」

　隣から飛んできたこの声は……。

「……青葉蓮。お前ってさ、俺の邪魔すんのが好きなの？」

　ピクリと反応した理人先輩は、ヘラヘラと笑いながら、
椅子ごとこちらに向く蓮くんを見やった。

「うん好き」

「即答かよ……相変わらず涼しい顔してくれるよね、ホン
ト不愉快」

　締めてやりたい、と理人先輩が笑顔で物騒なことをもら
している。

「デートの相手なら俺にしてよ」

「は？　俺が誘ってんのは歌鈴ちゃん。将来俺の花嫁にな
る女の子。わかる？」

　かくんと首を傾けて、まるで挑発するような仕草を見せ

ている。

「うーん。ここでマウントとってくるとはさすが花咲財閥の御曹司ねぇ」

「二乃ちゃん、そこじゃないでしょ……」

　本当にそんな悠長なこと言ってる場合じゃない！

　対峙するふたりに注目が集まって、廊下から野次馬の如く生徒達が詰め寄せているし……。

「残念。俺、先輩になら押し倒されても構わないのに」

　蓮くん！？

　なんて発言してるの……。

「んー、そうだねー。違う意味で押し倒したいかもね？けどその覚悟出来てんのー？」

「そん時は、先輩の方が覚悟して」

　すっ、と先輩の襟を軽く掴んで、蓮くんは自分の方へ引き寄せる。

「きゃあぁぁぁぁ…!!」

「なんて美しい光景なの！」

　廊下から聞こえる悲鳴のような歓声に、なんでこうなるの！と私は理解に苦しむ。

　二乃ちゃんに助けを求めようとしたけれど、

「おしゃピクとパンケーキより映えるわねぇ……」

　と、スマホを取り出している始末……。

「そんな綺麗な顔近づけちゃっていいの？　俺とキスしちゃうことになるよー？」

　理人先輩は何ひとつ動じることなく蓮くんの顎を指でつ

まんだ。

「先輩こそ意地張ってると後悔すんじゃない？」

「全然ー？　余裕で口開けるから」

　どちらも引くことなく繰り広げられる危ない展開に、私はハラハラしていた。

「ダメだよ先輩。口なんて開けたら、もっと深いキスしちゃいそうだから」

　俺、止まんないよ？なんてからかう口調で、蓮くんは理人先輩の唇をなぞった。

「……はっ。これ以上は勘弁しろって。ライバル宣言すんならもっとナチュラルにしてくれって話」

　降参とばかりに息を吐くように笑ったのは、理人先輩だった。

「余裕なんかないくせに、コイツに手ぇ出さないでね？」

「ちょっ、と……蓮くん!?」

　蓮くんが私の手を掴む。

　私たちは騒ぎ立てる野次馬をかき分けながら教室を出た。

「──綺麗な顔して、くそ生意気だね。だったら本気出しとくか」

　理人先輩がそんなことをもらしていたなんて、私は当然、知る由もなかった。

　　──その日の夜。

「若さん、ゴミの分別終わりまし……た」

って。

　チェックを頼もうと玄関に顔を出したら、掃除に使う
デッキブラシをキラキラした瞳で見ている。
「あの、若さん……何してるんですか……」
「はっ……！　こ、これは、とても珍しかったものですか
らつい！」
　……どこも珍しくはない普通のデッキブラシでしょ。
「へぇ。それ使いたいの？」
　ひょいっとリビングのドアから蓮くんが顔を覗かせた。
「まさか……！　わたしはなにもまたがろうなどと思って
ませんし、奥様とも約束をしておりますので……！」
「掃除目的でって意味で言ったんだけど？」
「……」
　若さん、完全に"ボケツ"掘ってるよね……。
「……ゴホンッ！　お嬢様！　寝室のシーツ交換は終わっ
たのですか!?」
　なぜか私に矛先が向いたので、急いで２階の寝室へ向
かった。
「……はぁ」
　理人先輩が現れてから、目まぐるしい日々にさらに拍車
がかかった気がする。
　でも、どんなに慌ただしくても花嫁修業はしっかりこな
さなきゃ！
　改めて、家事って大変だなって思った。
　毎日やることが多くて。

お料理ひとつ作るのに買い物だってしなきゃだし、下準備もあるし、レシピだって考えなきゃで。

　この世のお母さんという人物を尊敬するよ。

　──ガチャッ。

「どうした歌鈴。疲れた？」

「あっ、蓮くん」

　ベッドに突っ伏していると、部屋のドアが開いた。

「全然降りてこないから様子見にきた」

「ごめんね。もう終わったから」

「疲れたなら早めに寝な？」

　言いながら、蓮くんが私の目の前でしゃがんだ。

「……ううん！　これくらいで疲れたなんて、音を上げたりしないよ！」

　パパとママの帰国まで1ヶ月を切ってるもん。

「そういうとこ、変わんないよな。昔からなんだって諦めないで精一杯やるとこ」

「え？　ひゃっ……」

　突然、蓮くんが私の腕の下にすっと手を差し込んで、抱き上げた。

「れ、蓮くんっ、ちょっと……なにこれっ、降ろして!?」

「お姫様抱っこってやつ」

「……違うよ、もう！」

　口角を上げて、目を細くした蓮くんとの距離がぐんと近くなった。

「いくら可愛くてもそんな大きい声出さないで」

私の唇に人差し指を当てると。

「若さんが飛んできちゃうんじゃない？」

　なんて……少しも焦る様子のない蓮くんはタチが悪い。

　もう、蓮くん近いよぉ……。

　身体中が一気に熱くなって、目を泳がせる。

　そして、私をベッドに静かに寝かせると。

「たまには甘えたら？　頑張りすぎて倒れないか心配なんだけど」

「甘える……？」

　私の隣に寝そべった蓮くんの前髪がサラリと流れるのを、ただただ見つめていた。

「それにあんなヤバい奴に目付けられてんだから、疲れても無理ないだろ」

「……っ、理人先輩のことは、なんとかするつもり。パパにもちゃんと話したいって思ってて……」

「それでも、もっと俺のこと頼ってよ。困ったらいつだって助けるから」

　そのために目を光らせてるんだけど、と物騒な一言を付け加えた。

　こうやって私のことを心配してくれる蓮くんの言葉に、じんと胸が温かくなる。

「甘えるなんて……そんなこと言われたら、ちょっと気が抜けちゃいそうだよ……」

「いいよ。俺は毎晩どうやって甘やかしてやろうか考え尽くしてるから」

「……!?」

　するりと伸びた蓮くんの手は私の頬を優しく撫でる。

　トクトクと胸が高鳴る。

　同じベッドに寝そべって、こんなにも距離が近いのに、私は蓮くんから目が離せない。

「歌鈴は十分なくらいよく頑張ってるだろ？」

　すっと細められた優しいブラウンの瞳。

　見ているだけで安心する。

「蓮くん……もうちょっとここにいたい……」

　蓮くんの体温を感じて、だんだん瞼（まぶた）が重くなる。

「……この状況でそういうこと言うとか、卑怯だろ」

　ぼやけてくる視界の中で、蓮くんが前髪をくしゃりとかきあげている。

「俺と同じベッドで寝たら嫌な夢見るかもしれないよ」

　嫌な夢を見たって大丈夫。

　目が覚めたら、隣には蓮くんがいるから。

「ん……平気。蓮くんがいるもん……」

　私の瞼は耐えきれずに、そこで閉じてしまった。

　だから、蓮くんがどんな顔をしていたのかはわからないけど。

「無自覚の天才かよ」

　ったく……と、蓮くんが溜め息をついた気がした。

「──今だけは、俺にこの寝顔も独り占めさせて」

　身体が温かさに包まれて、私は夢の中に落ちていった。

さらわれた花嫁

「どうなってんのよ！」

　翌日。

　昼休みになると、二乃ちゃんの破壊力がありすぎる顔面に迫られていた。

「どうって……ちょちょっ、二乃ちゃん近いよ、とにかく落ち着いて!?」

　私だって昨日のことは大パニックだよ。

　今朝も目が覚めたら、蓮くんの腕の中で寝てるし……心臓に悪すぎる。

　もちろん私が蓮くんのベッドで眠っちゃったのがいけないんだけど。

「昨日のこと、ボーイズラブ疑惑事件なんて言われてるのよ!?」

「……それ、さすがにすごい変な噂になってない？」

　この学校の有名人であるふたりの修羅場に、女子の騒ぐ声はずっと止まらなかった。

「このままあの御曹司が引き下がると思えないんだけど、大丈夫なの？」

「その点につきましては、わたしも心配しております」

　またもやちゃっかり若さんが混ざっている……。

「正式な婚約をされたわけではありませんので、適切な距離を」

「若さんに完全同意！」

　二乃ちゃんってば、一体誰の味方なのよ……。

「んー、そうだよね。やっぱり理人先輩に私の気持ちを伝えようって思う……このままじゃ、どんどん本気にされかねないし……」

「って言われても、そんなに軽い気持ちじゃないから無理な相談だよー？」

「わあっ!?」

　考え込む私達の背後から聞こえた声に、身体がビクッと反応した。

「なんて神出鬼没な御曹司なの!?」

「その気配の消し方は、一体どこで身につけたのですか!?」

　ふたりのツッコミどころがやっぱりよくわからないんだけど……。

「いつも通りだろ？　そろそろ慣れてくれてもいいと思うんだよねー」

「……慣れるわけないじゃないですかっ、それに理人先輩が来たらまた──」

　パシッ、と。

　突然さらわれた私の右手。

「……へっ？」

「ごめん。文句ならあとでいくらでも聞いてあげるから、今は黙って」

　妖しく細められた瞳に、いつもとは違う空気を感じて、嫌な予感がする。

「ちょっ、うわっ!?」

　私の手を強引に引っ張って、隣へと視線をスライドさせる理人先輩。

　そこにいるのはこちらを見ている蓮くんで。

　べっ、と舌を見せた理人先輩は。

「逃げるよお嬢様」

　そう言って、抵抗さえ出来ない私を連れて走り出した。

「なっ、歌鈴!?」

「貴様っ!　お嬢様をどこへ連れていく!?」

「二乃ちゃぁぁん……!!」

　驚きに包まれた若さんと二乃ちゃんの姿がだんだんと遠くなる。

「かり───ん!!!!」

「助けて、二乃ちゃ……」

「大丈夫！　若さんのことは任せて!!」

　……えっ、いや……親友のピンチだっていうのに結局二乃ちゃんはそこなの──!?

　あっという間の出来事だった。

　学校から連れ去られた私は、正門前に寄せられた理人先輩の車に押し込まれるようにして乗せられた。

「……どういうつもりですか!?」

　ドアが閉められ、私はほぼ叫んでいた。

「そんなムッとしないでよ。こうでもしないとふたりきりになれないだろ？」

Chapter 3 ▶▶ 139

「……困ります！　降ろしてください！」

　私の抗議も虚しく車は発進された。

　ヤバい……。

　理人先輩の家の車に乗せられて、私は完全に逃げ道を失った。

　広々とした車内にはシャンデリアがぶらさがっていて、この空間にピッタリな理人先輩は、やっぱりヘラっと笑っている。

「手荒な真似して悪いと思ってる。でも、アイツは俺のことみくびりすぎ」

「アイツって、蓮くんのことですか……？」

「そう。歌鈴ちゃんはまるで俺のものって顔してくれちゃってさ？　気に入らないねー」

　伏し目がちな表情で呟いた理人先輩は、まるで美しい悪魔みたい。

「でも安心してよ。こんな強引な真似はもうしないから」

「そんなの、信じられません……っ」

　現に今、私をさらっているわけで。

　私は精一杯、向かい合う理人先輩から距離をとる。

「ホントだよー？　それに俺、ベッドの中じゃ優しい方だと思うし」

「は、はい!?　そんなこと聞いてません！」

「真剣に答えてるんだけどなー」

　ふわふわしたわたあめみたいな笑顔。

　それに、ベッドって！

一体どこまで何を想像してるの……？

「いいね、そういう顔。もっと見せてよ」

　理人先輩の指が、流れる私の髪に触れる。

「っ、やめてくださ……」

　聞こえない振りをして私を覗き込んでくる理人先輩は、クスッと声を弾ませた。

「はいはい。今はやめとく。花嫁を愛でるならやっぱりベッドの中で、だよね？」

「っ!?」

「とびきり可愛がってあげたい」

　ちょっと待ってよ……。

　これ、本当にマズい……。

　ていうか、なんでこんな肝心な時に若さんは来ないの!?

　チームＥまで作った意味がないんじゃない!?

　絶体絶命の大ピンチに、心の中で若さんに憤りをぶつけるしかなかった。

「到着致しました、理人様」

　どこに連れていかれるのかヒヤヒヤしていると、車は止まり、目的の場所に着いたらしい。

「ここ、どこですか……？」

　例えるなら海外で見るような豪邸。

　私の家よりも広い敷地。

　オシャレな造りの門は真っ白で、それはそれはどこかの宮殿のようだった。

「あ、あの……」

　圧倒される私をよそに、

「どこって、将来歌鈴ちゃんが住む家だよー？」

　理人先輩がサラリと言ってのける。

「私が住む家って、まさか……」

「そ。俺の家」

「……ごめんなさい。私、帰らせてもらいます」

　理人先輩の自宅に入るなんて、いくらなんでも急展開すぎる。

「いいの？　帰っちゃって」

「申し訳ないですけど、私……」

「俺の親父と圭吾さんが同級生ってのは知ってるー？」

　身をひるがえそうとした私の声を遮った。

「はい……パパとは電話で話したので」

「じゃあわかるよね？　婚約の話があるってのに、俺らが不仲じゃ親も心配になるんじゃないー？」

「っ、」

　私はピタリと止まった。

　この前の夜、電話をした時は、パパに理人先輩と親しくしないって言ったけど。

　もし、私がここまで理人先輩のことを拒否しているって耳に入ったら、パパはどう思うのかな。

　それも、パパの友達の息子さんなのに。

　ましてや、まだお互いのことを知らないうちから。

「歌鈴ちゃんは物わかりがいいからわかるよね？」

「……」
「この前言った通り、俺のことを知ってほしいだけだよ。歌鈴ちゃんのことも知りたい。嫌がることはしないから」
　ね？と、諭すように穏やかな表情を向けられた。
「……わかりました」
「はいお利口(りこう)さん」
　私の頭を子供のように撫でてくる。
　なんだか上手く丸めこまれた気もするけど、話すだけなら平気だよね……。
　それに、理人先輩とは幼い頃に出会ってる。
　その謎も知りたいのは本音。
　大きな門が自動で開かれていく。
「素敵ですね……」
　中へ進むと左側には薔薇園(ばらえん)があって、テラスに彩り(いろど)を添えている。
　思わず声に出てしまった。
「俺もお気に入りなんだよねー。毎朝ここで朝食とる？」
「毎朝って……なんの話をしてるんですかっ」
「なにって、結婚したらの話だよ？」
「……」
　蓮くんと同じくらい話が通じないかも……。
「楽しみだねー」
　浮かれ気味の理人先輩と歩いていくと、今度は湖!?と思うような大きな池がある。
　周りには彫刻(ちょうこく)が並んでいて、花壇(かだん)を庭師の方が手入れし

ていた。

「おかえりなさいませ理人様」

　ようやく辿り着いた入り口。

　開かれたドアの向こうには、一列に並んだメイドさんと執事の方。

　ペコリと会釈をして、私の家よりも圧倒的に広い玄関を通り、長い廊下を歩く。

「歌鈴ちゃん、こっち」

　迷子にならないように早足で理人先輩の後ろをついていくと……。

「あの方が理人様のお相手の方？」

「音無産業のご令嬢よ。可愛らしいわね」

　うう……。

　どうやら、メイドさん達にも婚約のことは知れ渡っているみたい。

「部屋までもうちょっとだから」

　コクコク頷いてみるけど、そわそわして少しも落ち着かない。

　天井画には天使が描かれていて、異次元にでも来たかのようだった。

　大理石だと思われる通路はピカピカで、掃除をしているメイドさんがペコリと頭をさげた。

　花咲財閥の御屋敷に踏み入ったのだと実感する。

「あれー？　まだ緊張してる？」

「はい……そりゃ、もちろん……です」

「歌鈴ちゃんの家も似たようなもんじゃない？」
　理人先輩はケラケラと楽しげに笑っているけど、私はそれどころじゃない。
「歌鈴ちゃん、ちょっと待って」
　理人先輩が足を止めたのは、書斎のような立派な部屋の前だった。
「親父はまだ会社？」
　中にいた執事の方に声をかけている。
「お戻りは夜が更けてからでございます」
「なんだー。残念」
　戻ってきた理人先輩に再び手を引かれ、あたふたと私は尋ねてみる。
「今日、お父様と何か約束があったんですか……？」
　だったら私はすぐにでも喜んで退散します！と言いたかったけど……。
「そー。歌鈴ちゃんを親父に会わせたいんだよねー」
「え!?」
「ぷ。そんな驚く？　婚約すんだし、それって自然なことじゃない？」
「って言われても。まだ決まっていないことですから……ご挨拶は早いかなって」
　婚約者としてご挨拶なんて。
　それに、私の気持ちの問題もある……。
「今日は諦めるよ。まぁ、親父にはどうせ近いうち会うことになるし」

婚約の話が進めばそうなるだろう。

　だけど、その言葉の真意を、私はなにひとつわかっていなかった。

やっとふたりきり

「はいどうぞー」

　理人先輩の部屋に通されて、おずおずと中へ入った。天蓋付きのキングサイズのベッドが真っ先に目に入って、さっき理人先輩が言ったことを思い出したせいかドギマギした。

「ここに座って？」

「はい……」

「もうそろそろ肩の力抜きなよ。ふたりきりなんだから」

　だから逆に抜けないってば……。

　平常心なんて保てない。

　でも、カイルさんだってこのドアの向こうに立ってるみたいだし、さすがに理人先輩だって変なことをしてくるわけが……。

「へ？」

　ふかふかのソファーに腰をかけると、理人先輩がなぜか隣に座ってきた。

「ん？　どーしたの？」

「あの、なんで隣に……？」

　てっきり対面に座るのかと思い込んでたから。

「だって近くで歌鈴ちゃんの顔見たいから。やっとふたりきりになれたんだし、当然だよね」

　すぐに身構える私。

だったけれど、理人先輩は余裕を醸し出して、私に顔を近づけた。

「ねぇ。俺のこと思い出した？」

「……っ、いえ、それがまだで……」

　突然のことに取り乱した私は、慌てて部屋の中に視線を泳がせた。

　そして、彷徨った視線はある物でピタリと止まった。

「あっ……」

　私に気づかれることを待っていたかのように、テーブルに飾られた写真立て。

「……もしかして、本当に小さい時のクリスマスパーティーで？」

　子供達だけが映された写真。

　その中には幼い頃の私と蓮くんが隣同士に並んでいて、屈託のない笑顔を浮かべている。

「そう。で、これが俺ってわけ」

　理人先輩が写真の隅に映る男の子をトンと指さした。

　ムッとした顔でふてぶてしさ全開の男の子。

　写真を見た途端、蘇るのは幼い頃の記憶で。

　それはまだ小さい私と蓮くんが、何度目かのクリスマスパーティーに行った時のこと。

「見てみて！　蓮くん！　今年はお菓子のお家だよ！」

「すげぇ。去年はお城だったよな」

　パティシエさんが作ってくれたお菓子の家に、私と蓮く

んは釘付けだったのを覚えてる。

「歌鈴はどっから食べたい？」

「えっと、煙突から……んー、でもこんなに可愛いし……食べるのもったいないなぁ……」

「そう言うと思った」

　蓮くんが小さく吹き出した。

「蓮くんは、どこから食べたいの……？」

「ううん。俺も食べないよ。食べたら、歌鈴がガッカリするから」

　こっちを見つめる蓮くんの優しい笑顔に、私も自然と笑顔になっていたんだ。

「──音無歌鈴！」

　その時、突然名前を呼ばれてビクリと肩を震わせた。

　振り向けば、正装した無愛想な男の子が私を鋭い目付きで見ていた。

　というよりも、睨んでいる……。

　その男の子とは毎年パーティーで顔を合わせていた。

　パパのお友達の子供だってことはママから聞かされて知っていたけれど……。

「こ、こっちに来いよ！」

「や……やだっ」

　私はその男の子が苦手だった。

　怖いし、目つきも悪くて口調も乱暴で。

　だからいつも蓮くんの背中に隠れていた。

「歌鈴、大丈夫だよ」

Chapter 3 >> 149

　蓮くんが泣き出しそうな私の手を繋いでくれる。

「俺の背中に隠れてて」

　大丈夫、と蓮くんはニコリと微笑んだ。

　それでも男の子は引き下がらなかった。

「……おい。今年は、お前にこれをやる」

「えっ?」

　顔だけを覗かせてみると、男の子はグイグイ私に何かを差し出してきた。

「今日はクリスマスだから……っ、特別にプレゼントしてやる!」

　それはキラキラ輝く宝石のついた指輪だった。

「い、いらないよ……」

　蓮くんにもらったオモチャの指輪があるから。

　蚊の鳴くような声で私が呟くと、男の子は激しく眉根を寄せた。

「こんな奴の後ろに隠れてないでこっちに来いよ……っ」

「や……っ!」

「おい。歌鈴が怖がってるだろ?　やめろよ」

　男の子が一歩踏み出した時、蓮くんが身体を前に出してかばってくれた。

「……なんだよ、お前!　いつもいつも邪魔ばかり!」

　同時に男の子が唇を噛み締めて拳を強く握る。

　今にも飛びかかりそうな勢いで、蓮くんのことをキッと睨みつけている。

「コラコラ。いけませんよお坊ちゃま。喧嘩はダメです。

それに、また奥様の宝石を勝手に持ち出していますね？」
「……っ!!」
　その時、男の子を探しに来た執事の方が、ひょいっと腕を掴んだ。
「離せ……っ」
「さあ、あちらでケーキをいただきましょう」
「お前のせいだからな……！　いつもお前がくっついてくるからだ！　僕達とは違う家の子供のくせに！」
　幼いながらも、とてもひどいことを言っているんだってわかった。
　蓮くんはなにも言い返すことはなく、それよりも、
「歌鈴。一緒にケーキ食べて、テラスのツリーを見ようよ」
「うんっ！」
　ニコニコ笑って、怯えた私の手を握った。
「お前なんか二度と来るな！　大嫌いだ！」
　それでも気が済まなかったのか、蓮くんを睨んで吐き捨てると、男の子は連れ戻されていった。
　そんなことが毎年クリスマスパーティーで起きてから、ずっと苦手な男の子だった。
「嘘……まさか宝石の男の子が……理人先輩……？」
「そういうこと。歌鈴ちゃんに一目惚れして、プレゼント攻撃してたのが俺。やっと思い出してくれたねー」
　理人先輩はどこか照れくさそうに眉を下げた。
「……ごめんなさいっ。あの時は、私ちょっと怖くて」
　蓮くんのことだって毎年見る度に睨んでいたし……。

Chapter 3 ≫ 151

「んーん。俺もガキだったからね。好きな子を振り向かせたい一心であんなことしか思いつかなかったし。今思えば、不器用すぎだろ俺」

　自嘲気味に落とされた渇いた笑い声。

「だから、今度こそちゃんと今の俺を知ってほしいって思ったんだ」

「理人先輩……」

　その横顔はいつになく真剣味を帯びていた。

「でも、理人先輩は嫌じゃないんですか……？　自分の将来のことを、親に決められること……」

「全然。むしろ歓迎するよ。だって、相手が歌鈴ちゃんだから」

「私だから……？」

　驚きを隠せずに私は目を丸くした。

「婚約の話をされた時は、ついにきたかって思った。でも相手が歌鈴ちゃんだって知った時、俺は嬉しかったよ」

　ふと顔を上げれば、理人先輩の瞳が私を見据えていた。

「だから、今度は絶対振り向かせたいって思った」

　すっと伸びてきた理人先輩の指は、躊躇いがちに私の頬に添えられる。

「あのふたりに宣戦布告みたいなことしてまで連れ去ったくらいだよ？」

　私の顔をクイッと軽く自分の方へ向かせた。

「決死の覚悟ってやつだね」

　こんなに本気になったのは何年ぶりかな、なんて小声で

言いながら。

「今頃、歌鈴ちゃんの幼なじみ──青葉蓮も相当焦ってんだろーな。目に浮かぶよ」

かと思えば、今度は声をもらして笑う。

どこまでも掴めない人。

「それに、ここは俺の部屋。あのふたりもさすがに来られないでしょー？」

「けど、私と理人先輩の婚約は、まだ先のことで……」

私の中で決まってもいない。

だから、どんなに熱心になられても、首を縦に振ることは出来ないんだ。

たとえ、そのせいでパパが悲しむことになったとしても、気持ちは揺らぐことはないと思う。

こんな状況でもふと頭の中に浮かんでくるのは、やっぱり蓮くんで……。

「今すぐ婚約してくれなんて言わないよ。ただ望んでることはひとつだけ」

「……望み？」

ゴクリと喉を鳴らして、理人先輩を見つめ返す。

「いつになったら、歌鈴ちゃんの中から青葉蓮を追い出せんの？」

普段よりもずっと低い声。

いつものようにヘラヘラした理人先輩は、そこにはいなかった。

「ずっと会いたかったよ、俺は」

「っ、」

　芸術みたいに綺麗な顔をかくんと傾ける。

　シルバーのピアスが煌めいた。

　危機感を覚えて、迫る理人先輩の胸をトンっと押し返そうとしたけれど……。

「俺はそこまで我慢出来るほど、出来た人間じゃないんだよね」

　囁きながら、いとも簡単に私の手を抑える。

「本当はずっと触れたかった——」

　呼吸さえ忘れた私はそれ以上なにも出来ず、このまま無抵抗でいたら、キス……される、と思った。

「今だけはアイツのこと忘れてよ。俺のものでいて」

「……いや……、」

　ギュッと強く目を閉じた直後——。

「……無礼な真似はおやめください！」

　廊下から響く声と大きな足音に、パッと目を開いた。

「いくら音無家に仕えている方とはいえ、この先は立ち入り禁止ですから……っ!!」

　なにやら、部屋の向こうが騒がしいような……。

　それに今、音無家って聞こえた気がする。

　——ドタドタドタドタッ！

「……っ、!?」

　——バンッ!!

　突然、ものすごい勢いでこの部屋のドアが開いた。

　それはもう、ドアを破壊するレベルで。

な、なにごと……!?
「えっ？　どうして……？」
　だけど、次の瞬間、私の視界に飛び込んできた人物に目を見張った。
「歌鈴が犯罪級に可愛いのはわかるけど、勝手に連れ出さないでくんない？」
　ここは理人先輩の家だというのに、現れたのは紛れもなく蓮くんで……。
　微かに息を切らしていて、走ってきたのか制服が乱れている。
　一体なにがどうなってるの!?
「あーあー。見つかっちゃった」
　すっと、私の隣に座っていた理人先輩が気だるそうに立ち上がる。
「わざと俺の前で歌鈴のことさらったくせに、なに言ってんの？」
「あー、ホント可愛くないねお前。いつも俺の予想遥かに超えてくるし」
　ムカつく奴……と、もらす理人先輩にはお構い無しに堂々と蓮くんが中へと足を進めた。
「お嬢様ぁぁぁぁ!!　ご無事ですか!?」
「……ヒッ！　わ、若さん!?」
　続いて飛び込んできたのは若さんで、とても尋常ではない顔面に私は二度目の衝撃を受けた。
「お助け出来ずに申し訳ありません……！　お嬢様のため

ならたとえ旦那様のご友人であろうとも、切腹覚悟でこちらに乗り込んで参りました！」

　ソファーで腰抜け状態の私を立ち上がらせてくれる。
「へぇー？　ふたりは犬猿の仲だと思ってたけど、お嬢様奪還のためには若さんまで味方につけるんだねー」

　ふたりが一緒に現れたことは私も驚きだった。
「は？　それ、あんた勘違いしてるよ」
「勘違い？」

　蓮くんは私の前に立つとすぐにまた口を開いた。
「お嬢様奪還じゃない。連れ去られた花嫁を助けに来たんだよ。俺のね？」
「……は」

　こんな殺伐とした中でも平然と言い切る蓮くん。

　当然、理人先輩は口をポカンと開けて。
「……相変わらず、期待裏切らないな、お前」

　……と、苦笑いを浮かべていた。

　それにしても、あの若さんが蓮くんと手を組んでくれるなんて。

　墓穴に埋める人とそれから逃げる幼なじみって関係だと思ってたのに、じーんと胸に熱いものを感じた。
「青葉様、念を押すようですが、デッキブラシを譲って頂くというお約束は守ってくださいね」

　は、はい……？
「玄関にあるあれね？　帰ったら若さんにあげるよ。歌鈴を連れ戻したあとだけど」

今、デッキブラシって言った……？
　蓮くんの家にある、若さんがキラキラした瞳で見ていたあのデッキブラシ!?
「頂けるものは頂くのがわたしの昔からのポリシーですからね」
　……どんなポリシーよ。
「歌鈴大丈夫か？」
「っ、うん！　蓮くん……ありがとう。授業あるのに、こんなことさせてごめんね……」
　いつかのクリスマスパーティーの夜みたいに、蓮くんが私の手を繋いでくれる。
「歌鈴が無事なら授業なんてどうだっていいよ」
　不意に見せられた蓮くんの笑みに、張り詰めていた緊張の糸が切れて、身体の力が抜けた。
「なんか悪いね？」
「へ？」
　部屋の出口に向かっていると、理人先輩が笑った気配がする。
「今歌鈴ちゃんはそいつの家で花嫁修業してるんだよね？」
「……なっ、なんで、それを」
　バレないようにしていたつもりなのに……。
「ぷっ。まだカイルに調べさせてる途中だったのに、ホントだったんだ？」
　……しまった。
　勝ち誇ったような理人先輩の表情を見て、自分がボケツ

を掘ったことを知る。

「そういう嘘がつけないとこもいいねー。ますます好きになるよ」

　そして、理人先輩の視線は蓮くんへと戻された。

「ごめんな？　キミが溺愛して止まない歌鈴ちゃんは今、キミの家で俺のために花嫁修業してるんだから。ね？」

　挑戦的な言葉。

　ふたりの間にはただならぬ空気が流れ、私と若さんは固まって何も言えずにいた。

　……でも。

「それは俺のセリフだよ」

　微動だにしない蓮くんは、真っ直ぐに理人先輩を見据えて言った。

「今あんたのためにせっかく花嫁修業しても、未来では全部俺のためになるから」

「は？　未来？」

「わかんねぇの？　ウェディングドレス着た歌鈴にキス出来んのは、俺だけってことだよ」

　着てなくてもするけど、と私を引き寄せてクスッと笑った蓮くんに、たちまち頬が熱を帯びる。

　反対に、理人先輩は渇いた笑みを滲ませていた。

「へぇー？　すげぇ自信。でも残念だね。ただの一般家庭の家に育ったキミ相手に、花咲財閥がみすみす譲るわけないんだよねー」

「……ちょっ、理人先輩！」

今のはいくらなんでもあんまりだ。

　クリスマスパーティーの時と同じ言い回し。

　どこの家で育ったかなんて関係ないのに、それを蔑むよ

うな言い方に、私は怒りを覚えた。

　だけど、蓮くんは顔色ひとつ変えることなく、フッと口

角を上げる。

「カッコ悪いね。そうやって家の名前で勝負しようとして

る時点で、あんたの負けだよ先輩」

　私の手をしっかり繋いで「もう帰ろう？」と淡く微笑む

と、理人先輩の部屋から連れ出してくれた。

Chapter 4

独占欲とわがままなキス

　若さんが運転する車に乗り込んで、私達は蓮くんの家へと帰った。
　衝撃的な1日だったなぁ……。
　あのパーティーで出会っていた男の子が理人先輩だったなんて。
　まさか、数年の時を経て、婚約者として現れるとは誰も予想してなかったと思う。
　頭の中をゆっくり整理しようとしたけれど、自宅に連れ戻されてからが大変だった。
「お嬢様。もう一度お尋ねしますが、誓って何もなかったのですね？」
　この質問はもう3回目だ……。
　リビングで向かい合うように座る私と若さん。
「わたしも若い頃、想いを寄せていた女性を見つめ続けてはあとを着いていき、毎日10通は手紙を送ったものです」
　……若さん、それはストーカーではないですか？とは言わなかった。
「てか、子供ん時に会ってたなんて、言われるまで俺も気づかなかった」
　不意に顔を出した蓮くんに、私はぎこちなく頷いた。
「私も、今日……写真見るまで確信がなくて」
「で、ホントにアイツに触られてない？」

「……う、うん！」
　ちょっと触れられたって言うべきだったかもしれない。
　でも、ふたりの目が本気すぎて言えるわけないし……。
「ふーん？　ならいいけど」
　って言ってる割には、蓮くんの探るような視線がものすごく痛い……。
　それから若さんは玄関待機へと戻り、嬉しそうにデッキブラシを手にしていた。
「よかったですね、若さん。私も助かりました」
「……はっ!!」
　子供か……ってくらいニコニコしていたけど、私と目が合うと真顔に戻る……。
　そうだ、私もやらなきゃいけないことがある。
　たとえ波乱万丈な1日だったとしても、花嫁修業の課題を疎かには出来ない！
　ママのノートを開くと「鏡を汚くしているとブスになるわよ！」なんて吹き出しがついていた。
　ブスって、どんな根拠なの……？
　私は洗面台の鏡の掃除に取り掛かった。
　うん、ピカピカにしたら気持ちがいい。
　次にうがい用のコップを洗おうとした時、ふたつ並んだ歯ブラシが視界に留まる。
　私と蓮くんのものだ。
　仲良く並ぶ歯ブラシを見ていたら、なぜかこうやって一緒に暮らしていることが、堪らなく嬉しくなる。

毎日蓮くんの声を聞いて、蓮くんの表情を見て。
この先も蓮くんのそばにもっといたいよ……。
いつか離れなきゃいけない時が来るなら、その日まではせめて、蓮くんの隣がいい。
ううん、本当は離れたくなんかない……。

それから私は寝る準備を済ませると2階へ上がった。
——カチャッ。
「……蓮、くん？」
夜は冷えるから、クローゼットから見つけた電気毛布を忍ばせようとしたけれど、ベッドでは蓮くんが仰向けになっていた。
それも、目元には経済と書かれた本が乗せられたまま。
……蓮くん、寝てるのかな？
辺りには数学の教科書や他の本が散らばっている。
毛布を置いてそっと近寄ると、規則的な呼吸をしているのがわかった。
「やっぱり寝ちゃったよね……？」
今日は波乱万丈な1日って感じだったし、蓮くんも若さんも私を探して走り回ってくれたみたいだから……。
きっとすごく疲れてるはず。
寝る前に、顔を見て「ありがとう」って言いたかったんだけどな。
私はお礼を心の中で呟いて、布団を引っ張ると、起こさないように蓮くんにかけた。

その直後——。
「いつからそんな大胆になったの？」
　パサッと、蓮くんの目元に乗せられていた本がベッドに落ちてきた。
「っ!?　蓮くん……起きたの!?」
「そもそも寝てないよ。考えごとしてただけ」
　じゃあ、私……また引っかかったの!?
　って、この体勢はなかなかマズいかも……。
　ベッドに膝をついた私は今、蓮くんを覗き込むように上から見ているんだもん。
「乗っかって起こしてくれんのかと思った」
　期待して待ってたのに、と。
「そんなわけないでしょ……蓮くんこそ、起きてたなら声かけてよっ」
「なに騙されてんの？　そろそろ慣れなよ」
　半分身体を起こすと、私の前に顔を突き出して意地悪に笑ってくる。
「……なっ!!」
　目の前で、蓮くんのミルクティー色の髪がサラリと流れていく。
「でも、いちいち騙されてんのが可愛んだけどね」
　フッと息を吐いた蓮くんがあんまり近いから、たちまち体温がぐんっと上がって、私は目を泳がせた。
「……蓮くんは……な、なに考えてたの？」
「ん、色々」

「色々?　試験なら、いつも余裕なのに……」
「そんなのよりもっと難しいこと。そろそろ頭痛くなるレベルだよ」
「えっ、蓮くん、頭痛いの……?」
　熱があるわけじゃないんだよね?
　すると、向かい合う蓮くんの手が、私の頭を撫でた。
「歌鈴がそんな顔して心配することないから」
「……でも、すごく大事な考えごとみたいだし」
　蓮くんが頭痛くなる程のことって……。
「ん。それは大事。一生に一度だから」
　何のことなのかわからなくて私が首を傾げると。
「歌鈴にどんなプロポーズすれば、花婿候補に勝てんのかってこと」
「……っ、」
　プロポーズ……って。
　淡く微笑む蓮くんに、私の鼓動は大きく高鳴った。
　そんな真正面から言われたら返す言葉もないくらい恥ずかしい。
　でも、すごく嬉しい。
「そんなこと考えなくても……」
　考えなくたって、私の気持ちはもう……。
「ダメ。考えさせて」
「蓮く……」
　私の手を自分の頬に添えて、とても愛おしそうに見つめてくる。

その瞳に吸い込まれてしまいそう。
「俺がどれだけ歌鈴を好きか、一生覚えててほしいから。真剣にもなるだろ？」
　柔らかな笑みに、その優しい声に、私はコクンと小さく頷いた。
　私の中で次第に大きくなるこの想いを早く伝えたい。
　パパとママが帰国するまであと1ヶ月もない。
　だから、もっと出来ることを頑張って、認められるようになって、自分の気持ちを素直に打ち明けるんだ。
「この本もなかなか難しそうなんだよな」
　ふと、蓮くんがそばにある本を拾い上げる。
"愛される夫になるための10の法則"
「……れ、蓮、くん？」
　これはなに……？
　どれだけ難しい本なのかと思ったら、想像と違いすぎて拍子抜け。
「これ、読んでたの……？」
　尋ねてみたけれど、蓮くんは顎に手を添えてなにか考えてる。
「歌鈴」
　そして、そんな私の腰にいきなり腕を回すから、再び距離が近くなった。
　ドキンッ、と心臓が飛び出しそうになるくらい、蓮くんの顔がそばにある。
「蓮く……ん？」

唇が触れてしまいそうな距離。
「やっぱダメかも」
「⋯⋯⋯⋯ダメ？」
「俺の花嫁が可愛すぎて顔が緩む」
「はい⋯⋯？」
　あー、なんて言いながら前髪をくしゃりと掴んでいる。
「もうっ⋯⋯蓮くんってば何を言い出すのかと思ったらまたそんなこと──」
　そこまで言いかけて、手をギュッと握られた。
「歌鈴の顔見るたび、好き以外の言葉がひとつも出てこないんだけど」
「っ、」
　こんなの不意打ちすぎる。
「気の利いたセリフ考えても、俺、毎日好きしか言えないみたい」
　やばいだろこれ、なんて漏らしながら私を見る蓮くん。
「それは、あの本にそうやって書いてあったの⋯⋯？」
「ん？　これならまだ読んでないよ」
「なっ!?　だって今、この本も難しそうって⋯⋯」
「俺がそうしたいって思ったから言っただけ。毎日好きって言いたくなるから」
　私は真っ赤になって固まるしかない。
「誰にも見せたくないくらい可愛いから、結婚したら嫉妬の毎日になる覚悟は今からしてる」
　蓮くんの甘い言葉は止まらなくて。

パッと布団へと視線を逃がす私を覗き込んできた。
「今からでも、俺だけのもんってわからせてやりたくなる。特にアイツにはね？」
「最近……蓮くんってば、ちょっと変……」
　変なんて言いたいわけじゃなくて。
　嬉しいのに素直になれないのは、恥ずかしいから……。
「どこが？　こんな風にお前に触るとこ？」
「ひゃっ……」
　いっぱいいっぱいになる私の視界がたちまち反転して、あっという間にすとんと押し倒される。
「なにその可愛い声。煽られてんね、俺」
　蓮くんの綺麗な髪が私に降り注いで、心臓がドキドキと加速を増していく。
「煽ってなんか、ない……」
「でも抵抗しないよね？　なんで？」
「それ……は、」
　なにか言わなきゃって思ってるのに、言葉が一切出てこなくて。
　だけど、
「蓮くんだから……嫌じゃない……から」
　恥ずかしさに負けて、顔を両手で隠しながら呟いた。
　自分でもなんてことを言ってるんだろって思う。
「あっ……」
　蓮くんの手が私の手を奪った。
　再び視界は蓮くんでいっぱいになる。

「ホント困る。ただでさえ歌鈴が足んないのに、そんなこと言われたら歯止めきかなそう」
　蓮くんの指が私の唇をそっとなぞる。
「だいたい、こんなに独占欲さらけ出してんだからいい加減気づいてくれてもいんじゃない？」
　触れられた唇が熱を持って、それだけで溶けてしまいそうになる。
「朝まで独占しても全然足んないくらい好きってこと」
「っ、ちょっと……待って……」
　伏し目がちな蓮くんの表情が近づいてきて、ストップをかけようとしても、
「もう黙って歌鈴」
　その瞬間、私と蓮くんの距離はゼロになって……唇が重なった。
「んっ、」
　初めてのキスと違って、ちょっと強引で。
「力入れすぎ」
　フッ、と笑う気配がしたけれど、私は強く目を閉じたままで。
　到底、力なんて抜けない。
「蓮くん……っ」
　僅かに空いた隙間で、蓮くんの名前を呼ぶ。
「そんな甘い声出すの反則」
　キスをしたまま私の手に自分の手を絡める。
「……もう、ダメ……」

頭が回らなくて、上手く声にならない。
　くらくらする。
　蓮くんの熱が入り込んできて、キスに溺れてしまいそうになった。
「歌鈴」
　熱のこもった甘い声で私を呼ぶ。
「ダメ……、蓮くん。わ、若さんが来ちゃうかもしれないのに……っ、」
　こんなところを見られたら、若さんの堪忍袋の緒が切れるに決まってる。
　それなのに、私だって抵抗さえしないのは、やっぱり蓮くんに触れてほしかったから。
　心の中で、本当はそんなことを思ってたから。
　さらに深くなるキスに、意識が朦朧としていく。
　全然止まってくれそうにない蓮くんの胸を押し返してみたけれど。
「あともう1回」
「んんっ……、」
　1回なんて、嘘。
　わがままなキスは、絶え間なく私へと降り注いだ。

宣戦布告

「ひぇー。なるほど。つまりわたしの若さんと青葉くんが乗り込んで、修羅場だったわけね？」
　てっきり、昨日のことで心配をかけちゃったって思ってたから、朝イチで二乃ちゃんに声をかけた。
　なのに、わたしの若さんって……。
「ホントに大変だったんだよ……!?　あのあと家に帰ってからも……」
　昨日の夜の甘い記憶が脳裏を駆け巡る。
　蓮くんは全然止まってくれなくて、もちろん私もそれに応えたわけで……。
　いっぱいキスしちゃった……。
　顔が熱くなって、パタパタと手で仰いだ。
「大変だったって、そりゃあそーよ。青葉くんったら、授業そっちのけで、若さんと学校を飛び出していったんだから！」
　二乃ちゃんいわく、その勢いは尋常じゃなかったらしく、誰も止められなかったみたい……。
「で？　歌鈴はどっちにするか決まったの？」
「どっちって……そんなケロッと聞かないでよぉ」
「迷うことなんてないじゃない」
　迷ってるわけじゃない。
　それに自分の気持ちはもう自覚している。

私は、蓮くんが好き……。
　溢(あふ)れてしまいそうなこの気持ちは、誤魔化せない。
「全て吐いちゃいなさい！　楽になりたいでしょう!?」
　ほれほれ！と二乃ちゃんが肩を揺さぶってくる。
「……うん。もうわかってるの。パパに反対されても、嘘つけないなって。私はずっと蓮くんのことが──」
「それはわかってるんだけど、即決されると傷つくんだよなぁー」
　……ゲッ!!
　もう何度も起きたこの展開。
「あれ、どうしたの？　今日は驚かないのー？」
　ニコニコしながらドン引きする二乃ちゃんの顔を窺うのは、言うまでもなく理人先輩だ。
「さすがにもう驚くこともしませんよ！　逆にリアクションに困るんで、斬新(ざんしん)な登場の仕方とかしてくださいよ！」
「ナチュラルな登場はお気に召さなかったかー」
　どこがナチュラルなの……？
　理人先輩は昨日の出来事なんてなかったみたいに、うろたえる私達のそばの席に座ってくる。
「ちょっと歌鈴！　この御曹司は相当図太(ずぶと)いわよ!?」
「……確かに」
　クラスの女子はキャーキャーはしゃいでいるけど、私は苦笑いするしかない。
「そんな顔しないでよ。今日は真面目な話をしに来たんだよねー」

私を連れ去った人物が現れたら、身構えるのも当然。
「今日こそは無敵フィールドを展開して守ってあげるからね！」
　二乃ちゃんまで、どっかのアニメの戦闘モードみたいになってるのはよくわからないけど……。
「真面目な話って、なんですか……？」
「もう1回だけ、俺にチャンスくれない？」
「え？」
「昨日は強引だった。青葉蓮に対してもひどい言い草で、本当にごめんね」
　眉を下げて謝罪する理人先輩に、私は小さく「はい」と返事をした。
「改めて、俺のために時間作ってくれたら嬉しいんだけど。ダメ？」
「でも……」
「昨日はホントに言いたいこと言えないままだった。だから、俺が優勝したらお願いきいてほしいんだ」
　……優勝？
「……えと、優勝って、なんのことですか？」
　理人先輩の話についていけず、二乃ちゃんと顔を見合わせた。
「あれ？　もしかしてまだ聞いてないの？　朝話を持ちかけたら青葉蓮は即答でいいって言ってくれたから、てっきりも一聞いてんのかと思った」
「蓮くんがオッケーしたって、私……何も聞いてないんで

すけど……」
　なんのこと？と、頭に疑問符が飛び交う。
　ふたりが密かにやり取りを交わしていたなんて、そこにも驚かされる。
「優勝……？　それってまさか、ハロウィンパーティーで開催（かいさい）される仮装（かそう）イベントのことですか!?」
　二乃ちゃんがビックリした様子で口を開いた。
　……ハロウィンパーティー？
「そーそー。よく知ってるねー」
　二乃ちゃんは二重アゴになりながら「うわっ……」と呟いた。
「二乃ちゃん、ハロウィンパーティーって!?」
「それがね——」
　二乃ちゃん曰く、この羽丘高校では11月末に学園祭という名のハロウィンパーティーが開催される。
　生徒達がみんな仮装をして、クラスで決めたお店を開いて楽しむというもの。
　そこまで聞いた時は、お祭りモードで楽しそうだなって思った。
「……か、仮装大会!?」
「そう！　どのクラスの男子の仮装が一番よかったかを女子が投票するの！」
　二乃ちゃんはビシッと指を立てた。
「……なんか、イケメン投票みたい」
「違うわよ！　仮装してんだから、どんなブサイクでもメ

イクと仮装という魔法(まほう)で化けられるの！」
「……そ、そう」
「で、去年ぶち切り優勝したのが、理人先輩ってわけ！」
「ええっ!?」
　私は目を丸くして勢いよく理人先輩を見る。
　すでに楽しそうに目を輝かせながら「そーなんだよねー」なんて言ってるけど。
　それじゃあ今年初参加の私達……いや、蓮くんは不利なんじゃ……。
　ただでさえ理人先輩の人気は尋常じゃないもん。
「ってわけだから、俺が優勝した時は時間くれる？」
「時間って……どこかに行くんですか？」
　また理人先輩の豪邸に招かれるわけにはいかない。
「それはまだお楽しみ。プロポーズする場所だからね」
「……ちょっ、プロポーズって！」
　予想もしてなかったことに絶句する私に代わって、二乃ちゃんが大きな声をあげた。
「青葉蓮にはもう言ってあるよー。そしたら"負ける気がしない"──ってさ？」
　蓮くんってば、そんな挑戦的なことを言っちゃうんだから……っ。
「だからいいよね、歌鈴ちゃん？」
　そんな勝負事に「うん」って返事なんて出来ない。
　だけど……。
　──"歌鈴にどんなプロポーズすれば、花婿候補に勝て

んのかってこと"。
　この前の夜、蓮くんが言っていた言葉がふと蘇ってきた。
「わかりました」
　私は理人先輩を真っ直ぐに見上げて返事をした。
　蓮くんの気持ちを無駄にしたくないなんて言ったら、勝手かもしれない。
　でも、この勝負事がなかったとしても、理人先輩にもしっかり私の気持ちを伝えるべきだって思ったから。

　午後のホームルームで話し合った結果、私達１年Ａ組はお化け屋敷をやることに決まった。
　小道具係になった二乃ちゃんはウキウキだ。
「……うっ、これ……出来るかな」
　私は割り振られた係表を見ながら肩を落とす。
　くじ引きで決まったんだけど、私は衣装係になってしまった。
　お裁縫は苦手。
　ママの花嫁修業でもボタンつけがあったけど、かなり残念な出来になってしまった……。
「大丈夫大丈夫！　ほら、ここ見てみなよー」
　二乃ちゃんは陽気な声で係表に指をさした。
「……"秋元未央奈"？」
「そう！　この先輩、去年も衣装係だったんだけど、すごい上手くて売り物みたいって言われてたらしいわよ！」
　なんでも、手芸部からスカウトされるほどの腕前らしい。

なるほど……。
　それだけすごい人に教えてもらえたら、なんとか出来るかもしれない。
　そして放課後、早速衣装係の顔合わせが始まろうとしていた。
「失礼します」
　集合場所である手芸部の部室をノックして、少しドアを開ける。
　あれ……？
　まだ誰も来てないのかな……？
　そっと中へと足を踏み入れると、こちらに背中を向けた人がポツンと座っていた。
「あの……すみません」
　中にはその人しかいないみたい。
　黙々と何か作業をしている。
　聞こえてないのかな……？
　糸やキルティングの生地が広い机に散らばっていた。
「……顔合わせは、この部屋で合ってますか？」
　声のボリュームを僅かに上げると、ようやくその人が振り向いた。
「あ、ごめんね？　わたし、夢中になると聞こえなくって」
　漆のように綺麗な黒髪のポニーテールが、くるんっと揺れた。
　学校指定のカーディガンの袖をまくり上げたままこっちに歩いてくる。

「１年の衣装係の子かな？」
「は、はい！」
　黒縁のメガネを外す仕草さえ、妙に色っぽい……。
「はじめまして。わたしは２年の秋元未央奈です」
　その名前に、私は二乃ちゃんが言っていた先輩だってすぐに気づいた。
「私は１年の音無歌鈴です！　お裁縫はほぼ経験がないのですが、よろしくお願いします！」
　緊張を抑えながらその場でペコリと頭をさげる。
「音無歌鈴……あなたが？」
「へ？」
「有名だから知ってるの。御曹司のハートを射抜いたって噂になってるからね」
　ふふっと微笑する秋元先輩に私は肩を縮めた。
「わたし、花咲くんと同じクラスなんだけど、いつもあなたのこと聞かされてて。口を開けば歌鈴ちゃん歌鈴ちゃんって言うから」
「理人先輩が……ですか!?」
　声が裏返りそうになる。
「そうよ？　だから会うのは初めてだけど、色々知ってるの。例えば、幼なじみは同じクラスの青葉蓮くん」
「そ、そうです……」
　理人先輩ってば、一体どこまで話してるの!?
「青葉くんは花咲くんと同じくらい人気だよね？　わたしの学年でも評価高くて、類稀(たぐいまれ)なイケメン……って聞くから」

クスッと表情を崩して笑った横顔は、とても可憐で。
「実は、わたしも機会があればもっと話してみたいなって思ってるのよね」
「蓮くんと……ですか？」
「うん。花咲くんのことをあれだけ本気にさせる男子ってどんな子なのかなぁって、興味津々って感じなの」
　瞳を煌めかせて、秋元先輩はニッコリ微笑んだ。
「早速だけど、説明させてもらうわね。わたしと歌鈴ちゃんは男子の衣装担当」
　他の人はそれぞれ担当ごとに別室で顔合わせをしているという。
「私、ボタンつけも得意じゃないですが、頑張ります！」
「一から作るわけじゃないから安心して？　演劇部から借りたものや、自前で用意した衣装の手直しをするだけで、難易度は高くないから」
　さすがに全員分は無理があるもんね。
　秋元先輩の言葉にホッと胸をなでおろした。
　それなら、私も出来るかもしれない。
　明日から早速丈を詰めたり、蝶ネクタイを縫いつけたりするそうだ……。
　さらに忙しくなりそう。
　今後行う作業の簡単な説明をしてもらって、その日は解散することになった。

　衣装係になった以上、秋元先輩の足を引っ張るわけには

いかない。
　その日の夜、私はボタンつけの練習を始めていた。
　理人先輩から聞かされたことは、蓮くんがお風呂からあがったら聞いてみようかな……？
　夕飯の時も、お互いにまだ仮装大会の話は切り出してないし……。
「お嬢様。一体なんですか、それは！」
　若さんの甲高い声にハッと我に返る。
「わわっ！　なにこれ!?」
「とても目も当てられませんねぇ……」
　考えごとをしていたせいか、糸がぐちゃぐちゃだ。
　ひどい失敗……。
「張り切るのはいい傾向ではありますが、集中して頂かないとお怪我をされかねません」
「はい……すみません！」
「それにお嬢様。干したままのバスタオルの存在も、忘れてはいませんか？」
「あっ!!」
　大変……。
　ここのところバタバタしちゃって、全然洗濯が追いついてなかった。
　綺麗なバスタオルがないからって、朝干していったのを忘れていた。
　このままだと、蓮くんがお風呂からあがったらタオルがない！

慌てて立ち上がり、バスタオルを抱えてお風呂場へと向かった。
　──コンコンッ。
　軽くノックをしてみたけれど中から返事はない。
　蓮くん、まだ湯船に浸かってるのかも？
「開けるよ……？」
　一応声をかけてから静かにドアを開けた。
「きゃっ……!!」
　なんで……!?
　短いを悲鳴をあげたのは、蓮くんが既にお風呂から出ていたから……。
「ん？」なんて、微塵も驚く素振りを見せず、部屋着を着た蓮くんはタオルで髪を拭いている。
「……って、バスタオルあったの!?」
「風呂入る前に干してあるやつ取ってったから」
「……そうなんだ。てっきり、ないかと思って」
　すると蓮くんは、タオルの隙間からこちらに視線を送ってくる。
　バチッと目が合うと。
「残念。一緒に入りたいのかと思った」
「そっ、そんなわけないでしょ！」
「俺はいつでもいいよ」
　一瞬で頭が大パニックを起こして、ふいっと床へ視線を逃がした。
「顔真っ赤。可愛い」

からかう声につられて、目を上げた。
蓮くんの髪の先から滴る水滴。
濡れた髪は、いつもよりも数倍、蓮くんを色っぽくさせている……。
「そんなに見られたら俺も困る」
「ご、ごめん……ね」
　私ってば、見惚れてた……かも。
「歌鈴が俺のこと見てんなら、俺だってそうしたい」
　すっと伸びた指先が、私の髪を弄ぶ。
　これじゃまた、蓮くんのペース。
「蓮くん……あの……っ、理人先輩から聞いたんだけど」
　意を決して今朝の話を切り出した。
「そうだよ。負ける気なんてしない。てか、負けらんないだろ」
「そんな勝負……のらなくてもいいのに」
「ダメ。プロポーズさせたくないってのは本音だけど、そもそもこれは俺のためじゃない」
「え?」
　ゆっくりと蓮くんの顔を見上げれば、柔らかい笑みが返された。
「歌鈴は今、花嫁修業頑張ってるだろ?　圭吾さん達の帰国も迫ってる。だから、それを邪魔させたくない。あいつを黙らせたいんだよね」
　ポンッと私の頭に手を乗せると、くしゃりと髪を撫でてくる。

「安心しなよ。金輪際ふたりきりになんかさせないから」
　自信たっぷりな声に小さく頷いた。
　蓮くんがそこまで考えてくれることが嬉しくて、トクトクと胸が音をたてる。
「名村から聞いたけど、衣装係なんだろ？」
　私を下からすくうように覗き込んで、問いかける。
「うん……上手くできるかわからないけど」
「俺の衣装作ってよ」
「え？　蓮くんの、仮装イベントの……？」
「そう」
　って言いながら、蓮くんの顔が近づいてきて……。
　ふわりと漂うシャンプーの香りが鼻をくすぐった。
「……蓮くんは、もう決まってるの？　なんの、仮装……するか……」
　ドキドキして、くらくらする。
　きっと私の顔は今、ホントに真っ赤だと思う。
「決まってるよ」
　声を潜めて言いながら、私の指先に自分の指を絡めると、そっと私を引き寄せた。
「ヴァンパイア」
「……ひゃっ、」
　甘く囁いた瞬間、蓮くんの唇が私の首筋にチュッと優しく触れた。
「ダメだって、そんな声出したら」
「そんなこと言ったって……っ、蓮くんが、いきなり変な

ことするから……」
「痕はつけてないよ」
「なっ……!?」
　痕って……それは、キスマークのこと?
「なに、つけてほしかったの?」
「違うよ……っ」
「そんなにムキになるから、つけてほしかったのかと思うだろ」
　見透かしているような意地悪な笑顔。
　全部ズルいよ……っ。
　心の中で悪態をつくも、蓮くんの唇が触れた部分がじわりと熱を帯びていく。
「俺の衣装、歌鈴に頼んだよ」
　顔を赤く染めて、それ以上なにも言えない私を見つめた蓮くんは、クスッと笑ってバスルームを出ていった。

誰にもあげない

「ふむ。以前より上達されましたね、お嬢様」
　期末試験が終わった頃、私のボタンつけもまともになってきた。
「あ、ホントだわ。やるじゃないの歌鈴」
　若さんと二乃ちゃんに褒められると、照れくさいけど素直に嬉しい。
　それもこれも、放課後の手芸部の部室で、秋元先輩が丁寧に教えてくれたからなんだ。
　成果って言ったら大袈裟かもしれないけど、秋元先輩にも早く見せたいな。
　食堂からの帰り道、若さんが後ろを歩く。
　そのせいか鼻の下がこれでもかってくらいに伸びている二乃ちゃんと一緒に、軽快な足取りで教室へ戻った。
「すごいよ、青葉くん。また学年１位だって？」
　あれ？
　教室の中から聞こえてきたその声は、もうすっかり聞き慣れたもので。
「え、青葉くんの隣にいるのって、秋元先輩じゃん……」
　二乃ちゃんもすぐに気づいたみたい。
　窓際の蓮くんの席の横には、どうしてか秋元先輩が立っていた。
「これだけ優秀なら、わたしの家庭教師してもらいたいく

らい」
「先輩こそ２年でトップですよね。教えてもらうなら、俺の方じゃない？」
「ふふっ。そうかもね。でも、今度本当にお願いしちゃおうかな」
　胸の前で手を合わせて小首を傾げる秋元先輩は、いつもよりも数段声を弾ませていた。
　少し会話をしたあと、ポケットからメジャーを取り出した秋元先輩は。
「青葉くんの衣装、ヴァンパイアに決まりなんだよね？　これは当日女子が騒ぐのが目に浮かぶね」
　クスクスと笑いながら、蓮くんの肩や腕の寸法を慣れた手つきで測り始めた。
　私はその光景を入口からただ見つめているだけで。
「ちょっとちょっと！　いーの!?　未来の旦那をベタベタ触られてさ!?」
「二乃ちゃん、旦那って……。それに、秋元先輩は、衣装係だから……」
　言いながら、頭の中には疑問符が浮かんだ。
　数日前に作業をした時は、各学年の男子の衣装を担当するように指示された。
　秋元先輩自身も「花咲くん、また背が伸びたから寸法を測り直さなきゃ」ってぼやいていたし……。
　だから私もそのつもりでいて、蓮くんの寸法なら、今日測らせてもらおうと思っていたところだった。

「なーんで秋元先輩が青葉くんの衣装係みたいになってんのよ。嫁である歌鈴が担当するべきなのに！」
　ムッと唇を尖らせる二乃ちゃんの隣で、私も胸の奥をざわつかせた。
「スタイルいいね。さすが学年一のモテ男」
　蓮くんの肩のラインをなぞるように触れているのが、嫌でも目に入ってくる。
「花咲先輩には負けますよ」
「うん。花咲くんの方が、数センチ高いかも……」
　思い出したように、口元に笑みを宿す秋元先輩。
　それ以上、蓮くんに触らないでほしい。
　彼氏でもないのに、そんな身勝手な感情が芽生えたことに、自分自身が一番驚いた。
「わざわざ後輩のクラスに来るって、何があってこーなったわけ!?」
　二乃ちゃんの当惑した呟きに、ハッと思い出したことがある。
　秋元先輩は蓮くんと話したいって言っていたから。
　だから昼休みにここに来たのかもしれない。
「あっ、でも。花咲くんと同じくらいかも？　ほら」
　花咲くんはこれくらいだし、と背伸びして蓮くんの頭に手を伸ばしている。
　秋元先輩、嬉しそう……。
　チクリ……と、痛む胸に手を当てて見つめていると、不意に蓮くんがこっちへと顔を上げた。

「測ってくれたのは先輩でも、作るのは歌鈴でしょ？」
　私に言ったのか、秋元先輩に言ったのか……。
「……」
　曖昧な問いに、秋元先輩はすぐには答えなかった。
「歌鈴ちゃんは、まだ不慣れで……もしよければ、わたしが最後まで──」
「俺、アイツが作ったもの以外着ないよ？」
　立ち尽くす私へ視線を注いだまま、蓮くんが硬い口調で言い切った。
　秋元先輩の言う通り、不慣れだし全然自信もない。
「すげぇ楽しみにしてる」
　視線と視線が交差する。
　微かに笑みをもらした蓮くんに、私は遠くから頷いてみせた。
　蓮くんのために出来ることがあるのなら、たとえ不慣れでも、自分でやり遂げたいから。
「うっわ。なんで秋元がいるわけー？」
「っ、理人先輩!?」
　突如聞こえた声に、弾けるように振り向いた。
「歌鈴ちゃんの顔見に来ただけなのに、なにこれ。最悪すぎだろ……」
　私と二乃ちゃんの背後には理人先輩が立っていた。
　はぁっ、と大袈裟なくらい溜め息を零している。
　そして、いつもヘラヘラしている理人先輩の顔が、今日は思い切り嫌な顔をしていて……。

「秋元が来てるとか聞いてない」
「……理人先輩、確か同じクラスですよね？」
「そ。あれ、俺のクラスの委員長」
　秋元先輩を一瞥して発した声はだいぶ低かった。
　仲が悪いのかな……？
「ひょっとして、不仲説ってやつですか？」
　ある意味空気が読めない二乃ちゃんが間髪入れずに突っ込んだ。
「別に。ただ俺は苦手なんだよなぁ。堅物ってかクソ真面目なんだよ。んで、俺にだけド厳しいの。てか冷たい」
「ほおほお。なるほどぉ。つまり、秋元先輩だけは理人先輩に落ちないってわけですねぇ」
「……つか、落とそうともしてないけどな」
　ひとり分析する二乃ちゃんに、理人先輩は苦笑いを浮かべた。
　本当に苦手なのか、はたまた嫌いなのか……。
　ふわふわした理人先輩の雰囲気は欠片もなかった。
「へえー。あの堅物委員長が、青葉蓮とお喋りしてんだ？男子なんて嫌いって感じなのに、どういう心境の変化だよ」
　理人先輩は不満そうに続けた。
「まっ、いーんじゃない？　ふたりが親密になってくれたら、俺としては好都合だよ」
「ちょっ、ちょっと!!　理人先輩……っ、」
　突然、私の肩をグイッと抱き寄せてくる。
「俺と歌鈴ちゃんも、もっと深い関係になる？」

「……な、なりませんってば！」
　私は１歩後ずさりして、両手を前に突き出すと大きな声で否定した。
　——その時だった。
　背筋がヒヤリと冷たくなったのは。
「……っ、」
　振り返れば、ジッとこっちを見ている秋元先輩がいて、ドクッと心臓が嫌な音をたてる。
　その視線が、私へと突き刺さった気がしたから。

　ハロウィンパーティーが迫る11月の終わり。
　私のクラスも、お化け屋敷の飾りが着々と出来上がっていった。
　お化け役を希望した子達の演出はなかなかリアルで、先生達でさえ「お前ら、ここぞとばかりに日頃の恨みをぶつけるな……！」とクオリティの高さにおののいていた。
　私も不慣れだけど衣装係としての仕事を進めていた。
　一方で二乃ちゃんは、コンサートにでも行くのか、派手なうちわを作っている。
　ハロウィンパーティーとなんの関係があるの……？
「二乃ちゃん……それ、どしたの……」
「100均の推しグッズコーナーで買ってきたのよ」
　購入先を聞いてるんじゃないんだけど……。
「推しって……芸能人のファンだったっけ？」
「いや、芸能人には興味ないわよ。よし！　出来た！」

うちわにはでかでかと「若」の文字……。
色は白と黒。
まるで極道の世界を思わせるうちわに、私は唖然としてそれ以上突っ込まなかった。

放課後、貸し出ししてもらったお裁縫道具一式と、直しかけのヴァンパイアの衣装を抱えて部室へと急ぐ。
陽が落ちると一気に冷え込むから、指先がかじかんで上手く縫えないことが多い。
「こんにちは！　今日もよろしくお願いします」
「歌鈴ちゃん、寒かったでしょう？　ここが一番暖かいから座って？」
そんな私を気にしてくれた秋元先輩は、いつも暖房をつけて部室をあっためてくれていた。
気遣いの出来る優しい人。
だから、あの日感じた冷たい視線なんて、私の思い過ごしに違いない。
「難しいところはわたしが代わるから言ってね」
「ありがとうございます。あと少しなんですけど……」
深く開いたワインレッドのベストを縫い合わせる作業に取り掛かろうとした。
ヴァンパイアの衣装は襟ひとつさえ細かくて、難易度が高い。
蓮くんが着る衣装だから、より気合いを入れてるのはあるんだけど……。

「あ、それヴァンパイアの衣装?」
「そうです。ローブはなんとか終わったんですが……」
　蓮くんの背丈に合わせて調整は終えている。
「……そっか。わたしが手をつけようと思っていたけど見当たらなかったのは、歌鈴ちゃんが持ってたからなんだね」
　あれもこれも秋元先輩任せにするつもりはない。
　それに、これは蓮くんに頼まれた衣装でもあって……。
　その気持ちの方が強い。
「家でもちょっとだけ進めようと思ったので、持ち帰ってたんです」
「そう……」
　あ、ここ……ほつれた糸が残ってる。
　指先ですくい上げようとした直後。
　それは本当に突然だった。
　バサッと音をたてて、衣装が宙を舞うように、私の目の前から消えた。
　衣装の行方を追いかけるように目を上げると。
「これはわたしの」
「……え?」
　感情の読み取れない表情で、秋元先輩が言った。
　「ふふっ」と笑ってみせたけど、メガネの奥の瞳は少しも笑っていない。
　手には衣装を握りしめたまま。
　わたしのって……?
「──この衣装を直す仕事だけは、誰にもあげないって決

めてたから。先に言えばよかった。ごめんね？」
　無機質な冷たい声に、言葉に詰まった私は力なく首を振るだけ。
　秋元先輩は、衣装をとても大切そうに眺めている。
　分厚い沈黙が流れて、どれくらいが経ったかな。
　私は他の男子生徒の衣装に刺繍を入れていた。
　気持ちはどんより重くて全くはかどらない。
「歌鈴ちゃんって、婚約するのよね？」
　その沈黙を破るように先に口を開いたのは、秋元先輩の方だった。
「……えと、まだ決まってはないんです。ただ、両親の中でその話は進んでいて……」
「ふふっ。噂通りだね。ちなみにその相手は、花咲くんでしょう？　女子が悲惨な顔で騒いですごかったから」
「……うっ。そんなことまで耳に入ってたなんて」
　そこまで知れ渡ってるのだから、今さら否定しても仕方ない……か。
「やっぱりそうなんだね。でも、わたしはてっきり青葉くんかと思い込んでたの。歌鈴ちゃんとは幼なじみって聞いたし」
「幼なじみです。けど……その、婚約相手は、私のパパが決めていて」
「そっか。なんだか、青葉くんが可哀想ね」
「え？」
　手を止めた秋元先輩が静かに視線を滑らせる。

「あ、これはわたしの勝手な思いだけど、歌鈴ちゃんのことをどれだけ好きでも、叶わないんだなぁって思って」
　だからなんだか可哀想だなって……と、秋元先輩は声を沈ませた。
「わたし、あれから時々話すんだけど、青葉くんは歌鈴ちゃんにしか興味がないってすぐにわかったよ。歌鈴ちゃんだって、青葉くんの気持ちに気づいてるんでしょう？」
「……」
「なのに、花咲くんと婚約だなんて……」
　それが不本意な婚約でも。
　蓮くんはどんな思いでいるのかなんて、私はちっともわかってないってことを思い知らされたようだった。
　蓮くんの気持ちはいつだって真っ直ぐだったのに。
「ねぇ、どうして？　家柄とかそういうこと気にして、花咲くんを選んだの？」
「ち、違います……っ！　選んでなんていません！　それに私は、家のことを気にしたこともないですし、まだ理人先輩と婚約するわけじゃ……」
　そこはキッパリ否定した。
　まだパパ達も帰国していないし、花嫁修業だってやりきってない。
　そもそも、なんで秋元先輩が私の婚約話を持ち出すんだろう……!?
「じゃあ、歌鈴ちゃんが花咲くんを選んだのは青葉くんのため？」

「選んでなんて……って、蓮くんのためって、どういう意味ですか?」
「考えてもみて? もしも歌鈴ちゃんと婚約したら、それこそ青葉くんが大変じゃない?」
「……と、言われますと心当たりがありすぎて。トーストも焦がしちゃったり、この前もお財布を忘れて買い物にきちゃったり」
　蓮くんも呆れて笑ってたし……。
「……そ、そう。でもわたしが言いたいのは歌鈴ちゃんのドジのことじゃなくてね」
　ど、ドジ……。
　それは事実だから仕方ないけど、その真意がわからずに、私はただただ秋元先輩を見つめ返すしかない。
「だって、青葉くんは御曹司じゃないから。会社の後継者とか振る舞い方とか……色々指摘されることばかりだろうしね? つまり、歌鈴ちゃんの家柄とは釣り合わないわけで……」
　眉を八の字にした横顔は、どこか芝居がかって見える。
　それに、秋元先輩の言い様にも、胸がキュッと軋んだ。
「苦労するのも、場合によっては後ろ指をさされるのも、全部青葉くんだもんね」
　あなたも青葉くんも可哀想に──ポツリと呟いて、ぎこちなく微笑んでみせた。
「花咲くんが諦めてくれたらいいのに」
　そんな都合のいいこと起きるわけないか、と独り言のよ

うにもらした。
「どうして秋元先輩がそんなことを言うんですか……？」
「え？　あ、もしかして気に障った？　第三者としての意見っていうか。籠の鳥みたいで、歌鈴ちゃんも本当に可哀想だなって思っちゃっただけなのよ」
　籠の鳥……。
　だから怒らないで、と付け足した秋元先輩。
　私は怒ってるわけじゃない。
　それに、婚約のことを切り出された時、パパにしっかり自分の気持ちを伝えて断れなかった私がいけないかもしれない。
　それでも……。
「私が可哀想だなんて……そんなこと、言わないでください……っ」
「か、歌鈴ちゃん？」
「私のことが心配だからって理由で婚約の話を進めたり、私のパパは確かに勝手です……っ。それはそれは心配性も度が過ぎてますし、GPSを仕込んだ時は、ママもさすがにドン引きでしたが！」
「……は、はぁ？　GPS？」
「だけど、それはぜんぶ私のことを大切に思ってくれてるからで……籠の鳥なんかじゃ、ない……だから私も、今度こそしっかり両親と向き合いたいって思ってます！」
「そっ、そんな白熱しないでよ……」
「……いいえ先輩！　白熱します！　花嫁修業だってもっ

と頑張って、この先のことを両親に認めてもらいたいんです！」
「ちょっ、花嫁修業って、なんの話よ!?」
「ドジばっかだしママみたいに上手くいきません……でも、こんな私を蓮くんは応援してくれてるんです。だから、私と蓮くんを可哀想だなんて、そんなこと言わないで……ください……」
　自分でももう止まらなくて。
　ついつい勢いに任せて言ってしまったけど、最後は怯んでしまうという情けなさを発揮した。
「そんなムキにならないでよね！　あなたのためを思ってわたしは……っ」
「心配してくれたことは感謝します……でもこれは、私の問題なので」
　今度は秋元先輩の瞳から逃げずに言い切った。
　自分は籠の鳥なんかじゃないし、可哀想でもない。
「……だったら、早くお断りしてあげたら？」
　ガタンッ！と椅子を引いて立ち上がった秋元先輩を目で追いかける。
「そんなまやかしの婚約、誰も幸せになんてならないじゃない！　バカみたいっ」
　棘(とげ)のある言い方で吐き捨てると、秋元先輩は部室を出ていった。
「……っ、」
　テーブルの上には、若さんと二乃ちゃんが褒めてくれた

ボタンのついた衣装がある。
　丁寧に教えてくれたからここまで上達した。
　だから、出来ることなら、秋元先輩にも見てほしかったんだけどな……。

季節外れのハロウィンパーティー

　ハロウィンパーティー当日。
　最後の準備に追われて、教室内はドタバタと大忙し！
「仮装決まらないよぉ！　どーしよう！」
「大丈夫だって。あんたは何もしなくても仮装してるよーなもんじゃん」
　だいたいの女子は仮装やメイクに集中していて、みんな気合いが入ってるって感じだ。
「うむ。今どきの高校生はクオリティが高くて感心しますね。この墓石もダンボールで作ったとは思えないほどですよ、お嬢様」
　若さんも釘付けになるくらい、私達の教室はすでに立派なお化け屋敷と化していた……。
「若さん！　私は衣装係の仕事に行きます！　なので、その格好であんまりうろうろしないでくださいね……！」
「かしこまりました。２メートルほどの距離を取りつつお嬢様を警護します」
　廊下と教室の境界線でペコリと頭を下げる若さん。
　他の生徒が今まで以上に気味悪がっていた。
　……なぜなら、ハロウィンパーティーということで、若さんまで仮装しているのだ。
　それも、ご本人と判別するのも難しい狼男に……。
　入口の飾り付けを終えた二乃ちゃんが、早速声をかけて

いる。
「若さんほど狼男が似合う殿方はいませんね！」
　眼福すぎる……と、ゾンビナースに扮した二乃ちゃんが手を合わせている。
　そんな仮装も可愛く着こなしちゃう二乃ちゃんだけど、狼男の被り物をしてるんだから、誰がやってもみんな同じじゃないのだろうか……。
「お嬢様のご友人からお褒め頂けるとは光栄です」
「わたし、お世辞って言えないんですよ」
　顔が伸びてるけど大丈夫かな、二乃ちゃん……。
　そんな二乃ちゃんに目配せして、私は係の仕事へと向かった。
　蓮くんはそろそろ着替え終わったかな？
　サイズ、ピッタリだといいんだけど。
「ねぇ、偶然青葉くんのヴァンパイア姿見ちゃったんだけど、呼吸止まるかと思った！」
　ん!?
　駆け足で廊下を進んでいると、賑やかな女子の話し声が聞こえてきた。
　……ってことは、蓮くんはもう着替えたんだ。
「どこで見たのよ!?　先行お披露目会なんて聞いてないんだけど！」
「ふふーんっ。更衣室代わりになってる空き教室のドアが開いた時に見えちゃったの！」
「……いや、あんたそれ立派な覗き見だから」

「はあ、超カッコよかった！　今日から理人先輩より、最推しは青葉くんになりそうなくらい！」
「青葉くんもカッコいいけど、理人先輩しか勝たんって」
　女子の興奮は冷めやらない。
　ふたりの人気はやっぱりすごい……。
　今日のハロウィンパーティーでは、みんなが待ちに待った仮装イベントがある。
　人気投票は、ほぼふたりが独占するだろうって二乃ちゃんも言っていたっけ……。
　どんな結果になるのか考えたらソワソワしてきて、私は空き教室まで走り出していた。

「蓮くん、動いちゃダメだったら……っ」
「って言われても待てないんだけど」
「だ、ダメ……じゃないとワイヤーが」
　今私は、椅子に座っている蓮くんの衣装の襟(えり)を直しているところだ。
　じっとしててほしいのに、時々動いたり、こちらを見ては口角を上げて、なにやらご機嫌な蓮くん。
「これ、意外と上手く出来たんじゃない？　サイズも丁度いいよ」
「本当!?　よかったぁ！」
　もしもサイズが合わなかったらどうしようって心配だったから。
　嬉しくて笑顔になる。

すると、頬杖をついた蓮くんがクスッと笑った。
うぅ……。
黒とワインレッドのヴァンパイアの衣装を身にまとった蓮くんは、いつもと雰囲気が違っていて……。
陽に透けるミルクティー色の髪と衣装も絶妙にピッタリで、女の子達が騒ぐのも納得する。
そのせいか、距離が近いからか、私が緊張しちゃって、手元が狂いそう。
「な……なに？　なんでそんな見てるの？」
視線を注がれて、ぎこちなく尋ねる。
「見てんのなんて当たり前じゃない？」
「へ？」
「なにその格好。可愛すぎてもう犯罪だろ」
「……」
実は、この空き教室に来る前に、私も仮装用の衣装に着替えていた。
なかなか決まらない私に「若さんが狼男だから、歌鈴はこれにしなさいよ！」と二乃ちゃんが提案してくれたものだけれど。
「えと……一応赤ずきん……です」
いつでも直せるように小道具である手持ちのカゴにはお裁縫道具を入れている。
「歌鈴って」
「う、うん……？」
目が合って、数秒……。

「やっぱり俺の話聞いてないよね」
「……んと、なんのこと？」
　すると、蓮くんは大きな溜め息をついて、私の襟を指先でつまんだ。
「これ以上可愛さ振り撒かないでって言わなかった？」
「っ、」
　クイッと軽く引っ張られて、蓮くんとの距離がまた1歩縮まる。
「だいたいこんな可愛い仮装するなんて聞いてない。反則じゃ済まないレベル」
　大罪、と蓮くんが言った。
「……こ、これは……その……若さんが狼男だからって、二乃ちゃんが！」
　突然、さっきよりも距離が近づいたから、しどろもどろになってしまう……。
「は？　狼男？」
　微かに眉をしかめた蓮くんにコクコクと頷けば。
「誰に食べられるつもり？」
「……!?」
　不機嫌な表情をした蓮くんがそう言った瞬間。
　頭の後ろに蓮くんの手が回って、そのまま自分の顔へと引き寄せた。
「蓮く……っ、」
　今にも唇が触れそうで、ドキドキして、たちまち身体中が熱くなる。

そして、しっかり視線が絡まって……。
「俺以外は許さないよ？」
　蓮くんはまるでキスをするみたいに囁いた。
「特にアイツには見せたくないよね」
　……と。
　自分に言い聞かせるみたいなセリフを落としたその時。
　——ガラッ!!
「歌鈴ちゃーん。いるー？」
「ヒッ……!!」
　背後で突然ドアが開いて、心臓が激しく揺れる。
　誰が来たのかなんて振り向かなくても声でわかってしまったんだけど……。
「最悪。狙ったとしか思えないタイミングだろ」
　本当にタイミングがよすぎる……じゃなくて悪すぎる！
「ちょっと待ってくれないー？　青葉蓮、俺の花嫁になにしてんのー？」
「まだそれ言うかよ……つーか、人の邪魔すんの好きなのはあんただろ」
　そっと私を引き離した蓮くんが立ち上がる。
「えー、なんのことかなー？　俺の邪魔するのが趣味な青葉蓮の言ってることはよくわからないねー」
　理人先輩も完全にナチュラルな喧嘩腰……。
「……しっかり覚えてんじゃん」
　あたふたする私の前で顔を突き合わせるふたり。
「……あれ、理人先輩の衣装って？」

床すれすれの長い漆黒のローブ。
　アンティークの大きめのボタンがついたビスチェに、白いブラウス。
　そして、フードからニヤリと顔を覗かせた理人先輩の口には小道具の付け八重歯……。
　まさか、この仮装って……。
「歌鈴ちゃんに見せたくて――って。は？　いやちょっと待て……なんで青葉蓮がその衣装着てんの？」
　蓮くんも気づいたらしく、「嘘だろ」と嫌そうな声をふたり同時にもらしている。
「ふたりの衣装って……ヴァンパイア、だよね……？」
　作りは違うにしても、まさかの完全一致……。
　衝撃の事実にふたりは放心している。
「まぁ、いーよ俺は。青葉蓮はそんなに俺と同じ仮装がしたかったってことで、ね？」
「は」
「ちなみにそのヴァンパイアの衣装って、去年俺が着てたやつな？」
「えっ!?　そ、そーなんですか!?」
「そーそー。俺は同じ仮装でも衣装は今回のために新調したんだよねー。だからそれは秋元に託して、着たいやつに貸してやっていーよって言ったわけ。まぁまぁ似合ってるよ、青葉蓮」
　ふふんっと勝ち誇ったかのような笑顔を貼り付けた理人先輩。

「歌鈴、せっかく直してもらって悪いんだけど脱ぎ捨てていい？」
「……なっ!?　ダメだよ蓮くん!?」
　衣装はこれしかないわけで……！
「まさか被るとは想定外だったなー。ごめんな？　俺のおさがりで」
「ちょっ、理人先輩も！」
　蓮くんをこれ以上煽らないでよぉ……。
「いいよ」
　ニコニコしていた理人先輩に、不意に蓮くんが呟いた。
「あんたが着てたこの衣装で優勝すればいいだけのことだろ？」
「優勝？」
「忘れたとは言わせないよ。俺が勝ったら金輪際、歌鈴に付きまとわないって約束」
「……は。それは俺のセリフだよねー？」
「ヘラヘラ笑ってられんのも今のうちじゃない？」
「……青葉蓮。お前ってほんっと可愛くねー」
　不穏な空気が立ち込める中、ハロウィンパーティーが幕を開けた。
　無事に終わることは出来るんだろうか……。

脱出不可避
ふかひ

　それからお昼まで私は大忙し！
　ノンストップで校内を駆け回っていた。
「歌鈴ちゃんその刺繍糸多めにもらえる？」
「は、はーい!!」
「あっ！　歌鈴ちゃんごめんね！　それが終わったら教頭先生の蝶ネクタイを直してもらえるかしら？」
「……わかりました！」
　衣装係の仕事はハロウィンパーティーが始まってからが大変だった。
　バタバタあちこち移動して、ボタンのつけ直しやほつれた裾を縫い合わせたり。
すそ
　魔女の仮装をした秋元先輩とふたり、冬なのに汗ばみながら走っていた。
「あと少しでお昼休憩よね。頑張りましょう」
きゅうけい
「もうお昼になるんですね……！　足がパンパンですけど、頑張ります！」
　秋元先輩とは顔を合わせづらいなって思っていたけれど、何事もなかったかのように接してくれていた。
　そのおかげで普通に会話も出来て、係の仕事にも支障はなかったんだ。
ししょう
　よかった……。
　秋元先輩は怒っていないみたいだから。

ハロウィンパーティーが終わったら、生意気な態度を取ってしまったことを私から謝ろう。
　次は教頭先生の蝶ネクタイ！
　私は廊下を走りながら目移りする。
　カラフルなスイーツを用意している教室からは、甘い匂いがしてくる。
　おいしそう……。
　カボチャだらけの迷路をやってる教室の前には、人だかりが出来ていたり……。
　楽しそうだなって思ったけど、今年はゆっくり満喫してる時間はないみたい。
　秋元先輩とペアになって係の仕事を進めて、あっという間にお昼を迎えた。
「疲れたぁ!!　お化け屋敷がこんなに人気になるとは思わなかったわ！　みんなどんだけスリルを求めてんのよ！」
　廊下の空いてるスペースで休憩することにした私と秋元先輩の元に、二乃ちゃんがやってきた。
「二乃ちゃんごめんね……！　全然当番代わってあげれなくて……」
「いいってことよ。呼び込みの仕事だから、歌鈴や先輩ほど疲れてないしね」
　はい、と二乃ちゃんが焼きそばを差し出してくれた。
　お腹が空いてたから嬉しい。
「へー。歌鈴ちゃん達のクラスはお化け屋敷なんだね。楽しそう」

「そうですね。来てくれた人達はみんな悲鳴あげて喜んでくれてて。出てくる時は疲労感たっぷりで青い顔してくるんで楽しんでもらえてると思いますー」
　二乃ちゃん……それ、楽しいとは違うような。
「……リ、リアリティがあるのねぇ。わたしのクラスは執事喫茶(きっさ)だから、そういうの憧れるな」
「うわー。理人先輩、両手に花って感じしそーですね」
　カラフルなドーナツを頬張(ほおば)る二乃ちゃんが遠慮なく突っ込んだ。
「そうなのよ。執事喫茶も花咲くんの提案で。満場一致で決まったってわけ」
「理人先輩モテますもんね」
「盛り上げてくれるのはいいけど、いつもヘラヘラして誰にでも優しくて、御曹司なのにどんなことも手を抜かなくて。ホント、何考えてるかわからないから苦手なのよね」
「苦手なんですか？」
　顎に手を添えて秋元先輩の話を聞いていた二乃ちゃんがすぐさま反応する。
「え？　ええ……苦手ね」
「なんだ、てっきり好きなのかと思いましたけど」
　二乃ちゃん……!?
「……っ、な、なにを言い出すのよ名村さん！」
「だって、理人先輩のいーところばっかり言うから。よく見てるんだなぁと」
「違っ……そんなこと……転生してもありえないわよ！」

けど、秋元先輩の顔からは火でも吹き出しそうで。
「ちょっとちょっと！　どーいうことなのよ!?」
　いつものように、二乃ちゃんが私の肩をガシッと掴んで後ろを向かせると、コソコソと話し始めた。
「秋元先輩って、確か青葉くんに気があるんじゃなかった!?」
「……私もそう思っちゃったんだけど、今の秋元先輩の顔見たら、あれってなって……」
「あれっ、じゃないわよ！　わたしの推理が外れたじゃないの！」
　いや、そんなことは知らないって……！
「ふたりとも……っ、勘違いはしないでちょうだいね!?　わたしが花咲くんのことをすごく見てるのは苦手だからであって、決して好きなわけじゃ――」
　照れているせいか早口になる秋元先輩だったけれど。
「俺のことが好きって？　素直な子は歓迎するよー？」
「……!!」
　背後から現れたのは、神出鬼没なヴァンパイア……の仮装をした理人先輩だった。
「今の登場の仕方はなかなか惹き付けられますねぇ」
　グッジョブ！と親指を立てる二乃ちゃん……。
「歌鈴ちゃんの友達に褒められると嬉しいねー。このままヴァンパイアになっちゃおーかなー」
「いーですねぇ。空想上の人物は大好物なので全力で推しましょう」

そんな能天気なやり取りをしているふたりを見ている秋元先輩は、やっぱりまだ頬を赤らめていて……。
「知らなかったよ。秋元が俺のこと見てたなんて」
　ね？と……。
　やけに色っぽい声で秋元先輩の前に腰をおろす。
「……バカじゃないの……っ、他の女子がみんな花咲くんを好きだからって、わたしの気持ちまで勝手に勘違いしないでっ」
「へぇ。ホントに俺の勘違いなの？」
「っ、ちょっと……なにするのよ……」
　すっと秋元先輩のメガネを奪った理人先輩は、顔を覗き込む。
　クスッと笑った理人先輩に、秋元先輩は呼吸すら忘れているみたいで……。
　てっきりお互い不仲だと思ってけど、もしかして秋元先輩は……。
「それ、婚約者失格じゃない？」
　ドキッ……!!
「あー、お前が来るとか最悪だねー」
　そんな理人先輩に対して笑みを含んだ声を飛ばすのは、たったひとりしかいないわけで……。
「俺からしたらお前こそ神出鬼没だわー」
　はぁっ、と理人先輩はうんざりした様子でその場から立ち上がった。
「よかったじゃん歌鈴。婚約者が浮気者だってわかって」

「ちょちょっ、蓮くんってば……」
　フッと笑って私の隣に歩いてくる。
　蓮くんのローブがふわりと揺れた。
　ヴァンパイアに扮した蓮くんは、いつもよりもとびきり色っぽく見えて。
　そのせいか、さっきまでおとなしかった鼓動がものすごいスピードで加速していく。
「蓮くん……っ、休憩？」
「歌鈴の顔見に来たって言いたいとこだけど、クラスの奴と交代してくる」
「そ、そっか……」
「すぐ戻るから待ってて？」
「えと、わかった……お昼ご飯まだなのかな？　それなら何か買って……って、蓮くん？」
　ふいに視界に影が降りてきて、蓮くんが近くなる。
「歌鈴不足で飢えてんの」
「っ、ひゃぁ……」
　みんなが見ていることもお構い無しに、私の首筋をツーと指先でなぞる。
「浮気者のヴァンパイアに触らせないように、ここに痕つけておきたいけどやめとく」
「……っ」
「歌鈴の可愛い声、誰にも聞かせてやりたくないから」
　今にも溶けそうになる私の頭を撫でると、蓮くんは教室の方へと戻っていった。

狼男に扮した若さんに「近いです!!」と指摘されているその後ろ姿を見つめながら、ドキドキが止まらなかった。
「やっと消えてくれたか。そのまま戻ってこなくていーからねー」
「花咲くん……っ、後輩相手に大人げないわよ！」
　しばらく顔の熱もひいてくれないかも。
「うーむ。ふたりのヴァンパイアかー。勝敗は神のみぞ知るってことよねぇ……」
　二乃ちゃん曰く、今のところ投票は同数みたい。
「歌鈴ちゃん、この後俺に付き合ってくんない？」
「えっ？」
「午後から親父が来るんだよ。来賓のひとりとして招待されてるから」
「嘘……理人先輩のお父様が!?」
「かしこまらなくていいから、ちょっと話し相手になってやってほしーんだよ」
　うぅ……。
　前にもそんなようなことを言われたっけ……。
「投票が終わる前にでも会ってやって？」
　昔からのパパの友達なわけだし、挨拶くらいするのが常識だよね。
「わかりました……っ、」
　私が答えると、理人先輩は「よし」と頷き、再び来た道を戻っていった。
「ずいぶん気が早いのね、花咲くん」

「……えと、実はパパの友達なんです。なのであとで行ってきてもいいですか!?　もちろん、係の仕事はしっかりやりますので！」
「……ええ、構わないわよ」
　秋元先輩から許可が出た。
　ちょっと緊張するけど、パパの娘として、しっかり挨拶しなきゃ。
「あ……そうだ。わたし、部室に糸切りばさみを忘れちゃったのよ。悪いんだけどクラスに顔を出さなくちゃいけなくて。歌鈴ちゃんに頼んでもいい？」
「糸切りばさみですね。はいっ、わかりました！」
　蓮くんもまだ戻ってこなそうだし、すぐに戻れば大丈夫だよね……？
　二乃ちゃんにそのことを伝えてから部室へと急いだ。
　１階にある部室へ近づくと人気がまるでない。
　秋元先輩、午前中に糸切りばさみを使っていた記憶があるけど、部室に寄った時にでも忘れたのかな？
　そんなことを考えながら静かな廊下を歩いていると。
「幼い頃の歌鈴ちゃんには会ったことがあるが、きっとあちらは覚えてはいないだろう」
　私……の話……をしてる!?
　深みのある男性の声にピタリと足を止めた。
　渡り廊下の向こう側には、スーツを着た男性と理人先輩がいた。
「今はより綺麗に、さらに可愛くなってますよ。お父さん

も驚くと思います」
　あの理人先輩が、敬語で話をしてる……。
「ほお。そうか。それは年々圭吾の心配性が悪化するのも無理はなかろう」
　はっはっはっ、と漫画の中の人みたいに豪快(ごうかい)に笑った。
　あの貫禄のある人が理人先輩のお父様？
　ふたりは私に気づかず校舎内へと入っていく。
　呆気にとられていたけれど、今は私も急がなきゃ！
　部室のドアは鍵が空いていた。
　いつもは秋元先輩が鍵を管理しているけれど、今日は出入りが激しいから開放しているのかもしれない。
　ええっと……糸切りばさみ。
　部室に入って奥にある戸棚を探してみる。
　あれ、おかしいな……。
　秋元先輩は、作業を終えるといつもここにしまっているのを見たんだけど。
　──カチャッ。
　……ん？
　今なにか聞こえたような気がする。
　けど、私は急いで他の引き出しも探すことにした。
「な、ない……！」
　糸切りばさみはどこにも見つからなかった。
　これ以上は蓮くんを待たせてしまうかもしれないし、午後の部も始まっちゃう……。
　まず戻ってから、秋元先輩にこのことを伝えよう。

私は部室のドアノブに手をかけた。
「……えっ、開かない!?」
　ガチャガチャッ!!
　何度ノブを捻っても、完全に鍵がかかっている。
　嘘でしょ……っ、どうして鍵が？
　警備の人が見回る時間にしては早すぎるし、鍵をかける必要なんてないはず！
　普段、鍵は秋元先輩が持ってるけど、私がここにいるのを知っていて鍵をかけるなんてことはしない。
　じゃあ、なんで……？
「すみません……！　誰か廊下にいませんか!?」
　焦った私は声の限りに叫んでみたけれど、反応もなければ足音さえ聞こえない。
　そりゃそうだよね……。
　ハロウィンパーティーは2階から上で行われてるから。
　というか、誰が鍵を閉めたんだろう……。
　まさか、理人先輩のファン!?
　どうしよう……。
　このままだと午後の部が始まっちゃう。
　私の願いも虚しく時間だけが過ぎていった。
　部屋の中の時計を見上げたら、ここに閉じ込められてもう1時間になる。
　秋元先輩も戻らない私を心配しているかもしれない。
　だけど、ひとり係の仕事に追われてここに来る余裕がないのかも……。

理人先輩も、お父様も、今頃私のことを探しているかもしれない。
　このまま挨拶さえ出来なかったら、パパの印象まで悪くしてしまう……。
　それに、蓮くんだって……。
　どうしようもない状況で、私は衣装のケープを合わせながら寒さをしのぐしかなかった。
　——カチャッ！
　ひとり隅っこで身体を縮め続けていたその時。
「誰……？」
　突然、鍵が空いて部室のドアが開いた。
　このチャンスを逃したら、もう明日の朝まで脱出出来ないかもしれない！
　私が勢いよく立ち上がったとほぼ同時。
「——やっと見つけた」
　どこか焦りを含んだその声はいつもよりも低く、私の耳に届いた。
「え……蓮、くん？」
　私は目を見張った。
　ヴァンパイアの衣装に身を包んだ蓮くんが、肩で息をしていて……。
「マジで心臓止まるって」
　言いながら、ほんの少しも待てないとばかりに、ギュッと私を強引に抱き寄せた。
「……な、なんで……？」

驚きと、嬉しいのとで、上手く言葉にならなかった。
「先生に鍵借りてきた。さっきの場所に戻ったら、歌鈴がどこにもいねぇから」
　蓮くんは、はぁ……っと胸に溜めた息を吐き出した。
「……っ、」
　どうしてここがわかったのかな……。
　秋元先輩に聞いたのかな……。
　聞きたいのに、声に出来ない。
「名村も心配してる」
　そっか……。
　きっと二乃ちゃんが蓮くんに知らせてくれたんだ。
　蓮くんの腕に包まれて、温かくて。
　安心したら、途端に涙腺が緩んでしまった。
「よかった、歌鈴が無事で。戻ろう？」
　ふっ、と目尻を下げて微笑む蓮くんに頷いてみせた。
　今口を開けば、高校生にもなったっていうのに泣いてしまいそうだったから。

Chapter 5

未来を決めるのは

「可愛い歌鈴を誰にも見せたくないからって、閉じ込めておきたい気持ちはわからなくもないけどな」
「閉じ込めるって。私……やっぱり誰かに閉じ込められたってこと？」
　部室から２階へと引き返していると、蓮くんが隣でくすりと笑った。
　まさかそんなことをされるなんて思ってもみなかった。
　でも、一体誰が……？
「――いい度胸してるよね、その犯人」
　このまま見過ごすわけないけど……と、蓮くんは不敵に呟いた。
「……ありがとう、蓮くん」
　見つけてくれなかったら、ずっと部室から出れなかったかもしれない。
「名村も若さんも歌鈴のこと探してる。呼び込み用の看板にお前の写真貼って情報提供求めてるし」
「写真……!?」
　少々大袈裟にも思えたけど、二乃ちゃんにも心配かけちゃったから、謝らなきゃ。
「そうだ……あのね蓮くん。今日ここに理人先輩のお父様も来てるみたいで……」
　言いにくいけれど、黙っているのは嫌だった。

「知ってる。アイツも必死に探してて、そん時聞いた」
「……うん」
　それ以上、蓮くんは何も言わなかった。
　沈黙が落ちたまま　ようやく２階まで戻ると、
「あっ！　秋元先輩……！」
　すぐにお裁縫道具を持った秋元先輩を見つけた。
「かっ、歌鈴ちゃん……遅かったのね」
　目を見開き驚いている秋元先輩に駆け寄った。
「すみません……っ、ちょっとトラブルがあって。それに糸切りばさみなんですが……」
　歯切れ悪く秋元先輩に言いかけたその瞬間。
「先輩、糸切りばさみ、制服のポケットから出てますよ」
「あ……っ」
　よく見ると先輩のスカートのポケットから、糸切りばさみの先っぽが出ていた。
　あれ……？
　でもさっきは私に部室に忘れたって……。
「こ、こんなところにあったなんてね。忙しすぎてポケットに入れたことを忘れていたんだわ……」
　ぎこちなく喋る秋元先輩の瞳を、蓮くんはじっと見つめていたように思う。
「……とにかくよかったです、見つかって……」
　特に午前は目が回るくらい忙しかったから。
「ええ……わざわざ探しにいってもらったのに悪いわね」
「い、いえ……私こそ、トラブルとはいえかなり遅くなっ

てすみませ……」
「もう見てらんないな。歌鈴、行くよ」
　硬い声で遮った蓮くんが、瞬時に私の手首を掴んで引っ張った。
「わわっ……蓮くん!」
「アイツの親父、もう来てんだろ?」
　あ……そうだった。
　午後の部が始まってからずいぶん時間が経っている。
　私は秋元先輩にペコリと頭を下げてその場を離れた。
「本当は行かせたくないんだけど」
　人混みをかき分けて理人先輩の姿を探していると、蓮くんがポツリと呟いた。
「でも、このまま圭吾さんの顔に泥塗るわけにはいかないだろ」
　その声はいつになく真剣で。
　蓮くんの横顔から目が離せなくなる。
「あっ、いたいた。歌鈴ちゃんー」
　陽気な声が私達の間に降ってくる。
　つくづくタイミングが悪い日だと思った。
「めっちゃ探した。姿消すの得意なんて知らなかったよ。早速で悪いけど、親父もずっと待っててさ」
「すみません……っ、実は……」
　言葉に詰まった私に助け舟を出してくれたのは、蓮くんだった。
「俺の衣装直してもらってた。裾がほつれたから」

こんな状況でもフォローしてくれる蓮くんに、胸がキュッと苦しくなる……。
「とか言って、自分が歌鈴ちゃん独占したかっただけなんじゃねーの？」
「不躾(ぶしつけ)なことを言うのはやめなさい、理人」
　舞い込んだ深みのある声。
　振り向けば、そこには理人先輩のお父様とカイルさんが立っていた。
　近くで見るとそのオーラは尋常ではなくて、身体が一気に緊張を覚えた。
「申し訳ないです。お父さん」
　理人先輩の纏(まと)う空気さえも変わってしまうほど。
　そして、理人先輩のお父様は蓮くんの存在に気づき、射抜くように見やった。
「下を見てはいけないと、幼い頃から教えているだろう」
　まるで置物でも見るかのような目で一瞥(いちべつ)する。
　し、下……？
「高みを目指す者は、常に上を見なくてはいけない。わかっているね、理人」
「……はい。お父さん」
　空気がキンと凍った。
　下を見るなって、蓮くんのことを言ってるの？
「歌鈴ちゃん悪い。もう行こう？」
　お父様の後ろを歩きながら私に声をかける。
　だけど、蓮くんが心配になって躊躇った。

「……蓮く、」
「間に合ってよかったじゃん」
「え？」
「俺のことはいい。だからそんな顔すんなよ」
　柔らかく微笑んで私の頭をそっと撫でる。
　大丈夫──と、言い聞かせるみたいに。
　すぐに背中を向けた蓮くんは、あっという間に人混みに呑まれて見えなくなった。

「歌鈴ちゃんがこんなに立派なお嬢様になっていたとは、今年一番の驚きだよ」
　来客用の部屋に入ってすぐに挨拶をした。
　それからはずっとパパとの学生時代の話を聞かされた。
　でも、半分も頭に入っていかない。
　蓮くんの顔が、声が……頭から離れなかったから。
「圭吾の心配性が年々悪化していくのも、無理はなかろうな。是非、理人の花嫁として迎えたいものだ」
　……花嫁。
　その言葉を聞いた途端、心臓がドクンと鳴った。
　たとえパパの友達であっても、婚約の話を受けることは出来ない。
　私はずっと相槌を打って、笑顔を作っている。
　ホントのことは言えないまま、やり過ごしている。
　私、このままでいいの……？
「さっき一緒にいた彼は、幼なじみと理人から聞いている

が、そうなのかな？」
「はい。幼なじみです……」
　ほお……と髭を触るお父様は顔をしかめた。
　しばし沈黙が落ちて嫌な予感が走る。
「そうか。気の毒なことを言うようだが、正式な婚約が決まったら、幼なじみの彼とは親しくしないでもらいたいと思っている」
「……、」
「ああ、これは単なるわたしの考えでね。やはり花咲財閥の人間になるとなれば、それは必然だと思うのだよ。彼と我々では住む世界も違うのだからね」
　言われていることの意味がすぐにはわからなかった。
　蓮くんと住む世界が違うなんて、一度だって思ったことはなかったから。
　私の隣には蓮くんがいて、蓮くんの隣には私がいた。
　だから、私の世界から蓮くんが消えるなんて想像さえもしたくない。
「すまない。理想の話をしすぎたね。圭吾に知られたら締められるな」
　豪快に笑う理人先輩のお父様を、真っ直ぐに見つめた。
　……このままでいいわけがない。
　自分の口からちゃんと伝えなきゃ。
　心の中で、パパにごめんね……って思いながら深く息を吸う。
　さっきまで冷えていた手のひらは汗ばんでいて、肩に力

が入る。
　上手く伝えられなくても、怒られても構わない。
　今言わなきゃダメだから。
「――私には、好きな人がいます」
　自分でもやけに冷静な声だったと思う。
「歌鈴ちゃん……？」
　戸惑いを浮かべた理人先輩は、お父様の顔色を気にしているみたいで。
　こんなことを言うのは許されないかもしれない。
　蓮くんが心配してくれていたけど、結果としてパパの顔に泥を塗る形になってしまうかもしれない。
　それでも――。
「なので、理人先輩と婚約することは、出来ません……ごめんなさい！」
　初めて会ったというのに、なんて失礼な奴なんだと思っているだろう。
　痛いほど感じる視線が刺さる中、私は勢いよく立ち上がって頭を下げた。
「好きな人と言ったね？　それは、さっきの彼のことだろうか」
「はい……そうです。私の世界から彼を消すなんて、絶対に出来ません……」
　大袈裟ではなく、それは私にとって、世界の終わりと同じだから。
「……パパが帰国したらすぐに打ち明けるつもりです。悲

しませてしまっても、泣かせてしまっても、私の気持ちは変わりません！」
　……声が震えた。
　怖くて、理人先輩のお父様を直視するなんてことは出来なかった。
「……そうか。嘘をつかれる方がわたしは嫌いでね。だから正直に話してもらえてよかった。それに、歌鈴ちゃんが謝ることはなにひとつない」
　さっきとは打って変わって、穏やかな声だった。
　私はパッと顔を上げる。
「むしろ、謝るのはわたしの方だ。大切な幼なじみだというのに、罵倒するような言い方をしてしまったね。すまなかった……」
　理人先輩のお父様はそう言って眉を下げた。
「圭吾のことだろうからもしかすると、予感はしていたのだよ。これは一方的な婚約話なんじゃないだろうかってね。だが、歌鈴ちゃんの口から本心が聞けてよかった。さぁ、もう行きなさい」
「で、ですが……」
　俯きがちの理人先輩をチラリと見る。
「理人。男が下を向いていいのは、人様に謝る時だけだと教えただろう」
　それでも、理人先輩はこっちを見なかった。
「すまないね。今日のところはこれで勘弁してやってくれるかい？」

「はい……今日は時間を作ってくださって、ありがとうございました」
「わたしからも礼を言わせてもらいたい。ありがとう。真っ直ぐなその目は、圭吾にとてもよく似ているね」
　言葉を失っている理人先輩と、眉を下げたお父様に一礼をして部屋を後にしようとしたその時。
「……っ、歌鈴ちゃん」
　理人先輩が私を呼び止めた。
　振り返れば、膝の上で拳を握る理人先輩と目が合った。
「散々振り回してごめんな……歌鈴ちゃんはきっと、俺じゃダメだってどっかでわかってたのに。でも、ちゃんと断ってくれてやっと諦めついたよ……」
　理人先輩は、肩の力を抜くようにふわりと微笑む。
「……だけど俺、これでも結構本気だったよ」
　私を見て、儚げに笑った。
　子供の頃に出会った私のことを覚えていてくれて、好きだと言ってくれた。
　私は思い出すのにも時間がかかったのに。
　せめて、私からも何か言いたかった。
　けど、出てきた言葉は、
「理人先輩、ありがとう……」
　それが私の精一杯だった。
「もう行きなよ。アイツ、待ってるんじゃない？」
　理人先輩はまるで別れを告げるように、ひらひらと笑顔で手を振った。

教室へと向かう足取りは重くて、楽しいハロウィンパーティーを味わう気分にはなれない。
　仮装イベントは、どうなるのかな。
　蓮くんは今、どこにいるんだろう。
　ふと、会いたくてたまらなくなる。
　しばらく教室の前でひとり佇みながら、窓の外に目をやった。
　すっかり陽が落ちて薄暗い。
　教室の前にいても誰も戻ってこない。
　それに、他のクラスも静まり返ったままで。
「あっ！　いた——‼　歌鈴——！」
「お嬢様ぁぁぁぁぁ‼」
　——ドタドタドタドタ‼
　前方から聞こえた大きな声。
　私を見つけ、ロックオンしたふたりが圧巻の走りを見せてやってきた。
「……二乃ちゃん⁉　若さんまでっ」
「もう！　心配したのよ！」
「お嬢様ご無事ですか⁉」
　目の前で足にストップをかける二乃ちゃんの手には呼び込み用の看板が。
　どこから持ってきたのか私の拡大写真が貼られており、"探しています"のカラフルな文字……。
　すごい派手な人探しの看板だ……。
「もしかして、ずっと探してくれてたの……？」

「そうよー!?　青葉くんから聞いたのよ！　理人先輩とお父様に会ってるって。体育館で仮装イベントがもう始まってて、歌鈴だけ戻ってこないから見に来たの！」
　そっか、蓮くんはもう体育館にいるんだね。
「理人先輩ならついさっき来たとこなんだけどさ、主役のヴァンパイアふたりが心ここに在らずって感じなのよ！」
「現在、開票されておりますがほぼ同数でございます！」
　勝負するって言ってたけど、それももう、理人先輩にとっても意味はないかもしれない。
　婚約の話自体、お断りしてきたから……。
「どうしたのよ歌鈴？　なにか嫌なこと言われた？」
「はっ！　お嬢様！　まさか、中傷的なことを言われて悲しんでおられるのですか!?　このわたしがおそばにいなかったばかりに……！」
　心配そうな表情をしたふたりを見ていたら、今になって緊張の糸が解けてきた。
　そうしたら、自分はとんでもないことをしてしまったように思えて。
「……どうしよ。パパのこと、悲しませるかもしれない！」
「なんと!?　申し訳ございませんお嬢様！　こんな付き人だと旦那様が知ったら、それはそれはさぞ悲しませることに……」
「違うんです若さん！　私、言ってきたんです！　理人先輩とは婚約出来ませんって……」
「え!?」

驚いたふたりが顔を見合わせている。
「好きな人がいる……って」
　静かな廊下に私の本音が反響した。
「本当は、パパが帰ってきたら言おうって思ってた。でも、自分の気持ちだけは誤魔化せないから……っ」
「お嬢様……」
「本当は婚約したくないって思っているのに、理人先輩のお父様の前で、それを隠し通すことは出来なかったです」
　狼男の仮装をした若さんを見つめて、私は頭を下げた。
「ご、ごめんなさい若さん！　勝手なことばかりして。若さんまで、パパに叱られてしまうかもしれません……」
　仕事の時のパパは、私が知らないだけで誰もが恐れる鬼だっていうし。
「お嬢様。わたしからもよろしいでしょうか」
「はい……」
　私は唇を引き結んだ。
「わたしがお嬢様のおそばにいて、もう３年以上は経つでしょうか」
　不意に呟いた若さん。
「羨ましい……」
　と、ぶつぶつ言っている二乃ちゃんに若さんが笑った気配がする。
「ありったけの愛を注がれたお嬢様は、心配かけまいと、いつしか自分の気持ちを閉じ込めている時があるのではと思っておりました」

「……、」
「そんな優しさに溢れるお嬢様がとても好きです。ですが、自分の気持ちに素直になられたお嬢様が、わたしはもっと好きですよ」
「若さん……」
「ですから、わたしが旦那様に叱られることなど気に病むことはありませんよ。たとえクビを切られても、こんなに素敵な女性になられたお嬢様にお仕えできた自分を、誇りに思います」
　狼男の被り物をつけた若さんがどんな表情をしているのかわからないけれど。
　きっと、微笑んでくれているような気がした。
「わあっ!?　二乃ちゃ……っ、」
　二乃ちゃんが私に勢いよく抱きついた。
「よく言った！　偉い！　やれば出来る子！」
　頭を撫でてくる二乃ちゃん。
「婚約したくないなんて、あの貫禄たっぷりの推定50代男性相手によく言ったわ！　勇気を出せて偉かったね」
「ん……二乃ちゃ……ありがと……」
　二乃ちゃんが手に持ったままの看板がずしずし直撃してきたけれど、嬉しくてそんなことはどうだってよかった。
　帰国したパパはショックで倒れるかもしれない。
　──だけど、未来を決めるのは自分自身だから。

我慢できない

　——その日の夜。
　色々あったハロウィンパーティー。
　どんなに疲れが溜まっていても、花嫁修業の課題はしっかり終わらせた。
「青葉様、この度は残念な結果となりましたが気を落とさずに」
「ぜんぜん落としてない」
　トイレ掃除が終わって、リビングへ顔を出すと、若さんと蓮くんがなにやら話をしていて……。
　聞いてみると、仮装イベントについてだった。
　そういえば、どうなったんだろう……？
　あの後、衣装係の仕事も立て続けに舞い込んできて、結局私は仮装イベントは見に行けなかったから。
「えっ？　じゃあ、引き分けってことですか？」
　若さんから聞いた話によると、仮装イベントの結果は、蓮くんのヴァンパイアが１位となった……はずだった。
　……けれど。
「左様でございます。なにやら、不正投票があったそうですよぉ」
　と、言った若さんの語尾がわざとらしく聞こえた気がするんだけど……。
「不正って、それ……どんな投票ですか？」

「なんでも、青葉様のヴァンパイアにひとり100票も入れた狼男がいたそうですねぇ……」
　えっ!?
　狼男って、まさか……。
　チラッと若さんを見上げると。
「……きっとその狼男は、青葉様を応援したかったのでしょう。では、わたしは外の見回りに出て参りますので」
　微かに口元に笑みを滲ませて、玄関へと向かっていく。
　同時に「バレバレだろ」と、ソファーに寝そべっている蓮くんが笑ったのだった。
　それから私は、パパに電話をかけることにした。
　だけど、呼び出し音が鳴るだけで一向に繋がらない。
　忙しいかもしれないから、メッセージを入れておこう。
　もしかしたら、今日のことをもう理人先輩のお父様と話したのかも……。
　そんな考えが過ぎった。
「蓮くん……今、いい？」
　自分から伝えたくて、蓮くんに声をかけた。
　蓮くんは、また難しそうな本を読んでいたみたいだけど、サイドテーブルに置いてこっちを向いた。
「なに？　そんな不安そうな顔して。膝の上くる？」
　クスッと笑った顔は、いつもの蓮くんで。
「ひ、膝の上はいかない……よ」
「残念」
　意を決して、私はそっと口を開いた。

「今日は、ホントにありがとう。それで、私……実は理人先輩の婚約のことで……」
　思うようにスラスラと言葉が出てこない。
「なんか嫌なこと言われた？」
　そんな私の手を引いて、穏やかな声で尋ねてくる。
「ううん……」
　嫌な思いをしたのは蓮くんの方なのに。
「もし今後、俺のこと聞かれたらただの幼なじみって言っておきな？　歌鈴が困らないように答えればいいから」
　どこを見たらいいかわからなくて視線を泳がせていたけれど、その言葉にピタリと止まった。
　蓮くんはもっと自分のことを大事にしていいのに。
　怒ったっていいのに。
　なのにいつだって優しくて……。
　たちまち目頭に熱が溜まっていく。
「なに泣いてんの？　泣き顔も可愛くて困るんだけど」
「あっ、ご……ごめん……ね、」
　瞬きをすれば、涙がこぼれ落ちてしまいそうで。
「すぐにでもベッドまで連れてって、めちゃくちゃに抱きしめたくなる」
「……っ、ベッドはダメ……」
　ダメ？と顔を傾けて私を見る。
　その瞳があんまり優しいから、限界を迎えた私の涙が静かに頬を伝っていった。
「じゃあソファー？」

クスクス笑いながら、私の濡れた頬に触れた。
「……蓮くんが、優しいから。もっと自分のこと考えていいのに……いつも、ずっと……私のことばかり」
　小さい時からずっと、そう……。
「当然じゃない？　俺の世界は歌鈴中心で回ってんの。今頃気づいたわけ？」
　好きって気持ちが沁みるように胸に広がっていく。
「婚約、断ってきた……」
　どうしようもなく、蓮くんでいっぱいになって。
　気づけば、私は自分からその事実を告げていた。
　滲む視界の片隅で、蓮くんの瞳は驚きに染まっている。
「好きな人がいるから、出来ませんって。私、後悔してないよ……っ、もう自分の気持ち誤魔化せないから……」
　真っ直ぐに、クイッと顔を上げて伝えた。
　突然の婚約破棄宣言に、蓮くんは信じられないって顔をしている。
「……心配した。俺のせいで歌鈴の印象悪くなったらどーすんだって」
　大きな溜め息をつくと、ぽすっと私の肩におでこを押し当てた。
「それに、歌鈴がやっぱりアイツと婚約するって言い出したらって考えたら、普通に焦るだろ……」
　絞り出した声が切なくて。
　こんな余裕のない蓮くんは初めてだった。
　躊躇いがちに私の背中に這わせた手に、ゆっくり力がこ

められていく。
「好きな人って。それ、圭吾さんの耳に入ったらやばそうだけど」
　蓮くんの胸の中に閉じ込められて、トクトクと心臓が音を立てる。
「頑張ったんじゃない？」
　コツンと自分のおでこを私の額にくっつけた。
「蓮くん、私……蓮くんのことが、好──」
　視線が交わった瞬間、唇に感じた蓮くんの熱。
　たちまち耳の裏までじわりと熱くなる。
「ん……蓮く……」
　僅かな隙間から声をもらしても、
「ダメ、もっと」
　欲張りなセリフを呟いて、再びキスを落とした。
　瞼を閉じる私の髪をくしゅくしゅと撫でる。
　その手に、蓮くんの体温に、ドキドキと加速する鼓動。
　角度を変えて何度もキスをする蓮くんの背中に、私も自然と手を伸ばしていた。
「圭吾さん達が帰ってきたら、続き聞かせて？」
　触れた唇の感触が吐息とともに離れていく。
「ん……今はまだ、我慢……します……」
　本当は、すぐにでも伝えたくてたまらないけれど。
「我慢って。歌鈴はぜんぜんわかってない」
「え？」
「これ以上お前のそばにいると、ホントに離してやれそう

にない」
　蓮くん……？
「圭吾さんだって何も知らないし。今のうちに離れた方がいいのかもな」
　離れる……？
　独り言のような言葉が頭の中で繰り返される。
「や、やだ……っ。離れるなんて、絶対……いや」
　口から飛び出たセリフに、蓮くんは口角を上げて得意気に笑っている。
「いい加減覚えなよ。俺が歌鈴を手放すわけないって」
「じゃあ、私……また騙されたの……？」
　嘘でしょ……と、おろおろする私を見透かしたように見ている。
「どうすんの？　それじゃ結婚して俺が仕事行ったあととか、悪質なセールス詐欺に騙されるんじゃない？」
「そ……そんなのに騙されないよっ。家のことは私に任せてって……言えるようになるもん！」
　元レスリング部部長のママみたいに身も心も強くはないけど、そうなりたいんだ。
　ちょっとだけ悔しくて、蓮くんに負けじと胸を張ってみせる。
「……可愛すぎかよ」
　あー、しんど……って、おでこに手を当ててるし……。
「私は本気だよ……っ？」
「はいはい。てか、会社行きたくなくなるよね」

「……？」
「どうせわかってないからいいよ」
「っ、」
　満足そうに微笑むと、チュッと私のおでこにキスを落とした。
　まだ想像もつかないずっと未来の話だけれど、幸せな気持ちに包まれた夜だった。

素直じゃないね

　日曜日が終わって12月最初の月曜日を迎えた。
　パパから連絡がこないけど、なにかあったのかな……？
　今まではパパの方からスタンプいっぱいのメッセージが来ていたのに、ピタリと来なくなったし……。
　モヤモヤしながら、昼休みにお裁縫道具一式を返却しに向かっていた。
「あっ、秋元先輩！」
　こちらへのぼってきた秋元先輩に、階段の途中でばったり出くわした。
「……歌鈴ちゃん。もしかして、それ返しに？」
「はい。あの、ハロウィンパーティーの時は本当にすみませんでした……私、途中でいなくなってしまって」
　きっとその間、ひとり仕事に追われていたと思うと、申し訳なくなった。
「そのことならもういいの……大変だったけど、大丈夫だから……」
　歯切れ悪く答える秋元先輩に、違和感を覚えた。
　なぜだか目も合わせてはくれないし、やっぱり不快にさせてしまったのかな……と肩をすぼめた。
「じゃあ、わたしはもう行くから……」
　避けられてるような気さえしたその時。
「謝るのはアンタの方じゃない？」

突如、階段の上から降ってきた声に、私達は一斉に顔を上げた。
「蓮くん？」
　不思議そうにする私の横まで降りてくる。
「なに黙ってんの？　心当たりしかないだろ」
　その瞳の奥には怒りが揺らめいていた。
「なっ、なんのことかわからないわね……」
「へぇ。よくそんな知らないフリできるな？　女優も顔負けだね」
　一体なんの話なのかわからず、私はただただその場で立ち尽くしていた。
「しらを切るつもりなら俺が思い出させてあげる。部室に鍵かけたの、あんただろ？」
　蓮くんの口から放たれた言葉に、一瞬思考が固まった。
「歌鈴が中にいるってわかってて閉じ込めたんだろ」
「っ、バカ言わないで。わたしが閉じ込めたなんて……っ、言いがかりはよしてよ！」
　焦ったように話す秋元先輩の声がうわずっていた。
「最初からそうすることが目的で行かせたくせに。だいたい手芸部の部室の鍵、あんたが管理してんだよね？」
「確かにいつもは私が管理しているわ……けど、昨日は衣装係の誰もが出入りしてたから……そもそも、いきなりなに？　濡れ衣もいいとこだわ……！」
　後ずさる秋元先輩を恐る恐る視界に映せば、唇を噛んでひどく動揺していた。

「……え。嘘……ですよね？」
　秋元先輩が私を閉じ込めたなんて。
　そんなことをするなんて、すぐには信じられない。
「だって、秋元先輩が……私を閉じ込める理由なんてないはずで……」
　係の仕事だってひとりでやることになる。
　ひとりより、ふたりの方がいいに決まってる。
「……バカみたい」
　無機質なその声は私に向けられたものだった。
「少しは疑うでしょう？　なのに、トラブルがあったからってすんなり謝ってきちゃうし。あなたはどこまでいい子でいたいわけ？」
　虫唾（むしず）が走るってこういうことね、と嘲笑した。
　振り下ろされた刃のようなその言葉は、深く私の胸を貫いた。
　私が知る秋元先輩の姿はそこにはなく、ただひたすら、悲しかった……。
「もう返して」
　私が胸の前で抱えていたお裁縫道具を奪い取ると、蓮くんを一瞥した。
「青葉くんも、幼なじみの前でヒーロー気取り出来てよかったじゃない」
　去り際にうんざりした口調で言い放つと、すばやく身をひるがえした。
　──けれど。

蓮くんがそれを黙って見逃すはずがなかった。
　――ドンッ。
「なんか忘れてない？」
　蓮くんは壁に手をついて秋元先輩の行く手を阻んだ。
「……っ、なに？」
「アンタがあの能天気な御曹司にベタ惚れなのは構わないけど、その八つ当たりで歌鈴のこといじめたらただじゃ済まないよ？」
　凍るほど冷たい声に、秋元先輩の顔がみるみるうちに青ざめていく。
「蓮くん……ベタ惚れって、秋元先輩が？」
　理人先輩のことを……？
　でも、私と二乃ちゃんには頑なに否定していた。
「やめてよ……っ、どうしてわたしが、花咲くんのことなんて……」
　ってやっぱり否定しようとしているけど、秋元先輩はどう見ても動揺している気がする……。
　すると、蓮くんは呆れ気味に息をついた。
「バレバレだろ。ハロウィンパーティーの時も、アイツがそばに来たら顔に出てたし？」
「なっ……」
「あれで隠せてたとか思ってたの？」
　……ばつが悪いのか秋元先輩はすぐに俯いた。
「自分の気持ちは誤魔化しようがないだろ。そうやって意地張っても、あの御曹司には何も伝わらないと思うけど」

蓮くんの言う通り。
　自分の心には嘘つけないって私も思う。
「青葉くんには、関係ないじゃない……っ」
「アンタが誰を好きかなんて俺には関係ないしどうだっていい。でも、歌鈴にしたことは許さないよ」
　歯を食いしばって小さくなる秋元先輩は、必死に何かを堪えているみたいだった。
「それにそんな今のアンタを、御曹司が見たらどう思うんだろうな？」
「……っ」
　秋元先輩は、弾かれたように顔を上げた。
　今にも泣きそうな表情で。
　そして、胸に溜めた息を大きく吐き出した。
「……ごめんなさい」
　えっ……？
　私を視界に入れると、眉を下げて小さく言った。
「自分でも、最低なことをしたって思ったわ」
　さっきとは一変した秋元先輩からの素直な謝罪に、私はしばし唖然としていた。
　一瞬、本当にご本人!?とさえ思う……。
「白状すると、羨ましかったの……あなたが」
　聞き取るのが精一杯なほど小さい声だった。
　肩を縮めた秋元先輩をじっと見つめる。
　……誰だって、自分の恋が叶ってほしいって思うのは自然なことで。

嫌いだとか苦手だとか散々なことを言っていたけれど、それは全部裏返しだったんだろう。
　――"この衣装を直す仕事だけは、誰にもあげないって決めてたから"。
　今更だけど、去年理人先輩が着ていたヴァンパイアの衣装を直す仕事も、私に譲りたくなかったんだと思った。
「秋元先輩のことは、よくわかりました……」
「……、」
「でも、ここは言わせてもらいます……っ」
　私はギュッと手のひらを握って、大きく息を吸った。
「歌鈴？　なに怒った顔してんの？　可愛いだけだからやめろって」
「……っ、ちょっと蓮くん……今は真剣なんだから」
「はいはい」
　蓮くんは壁に背中を預けてすませてみせた。
「えと……秋元先輩がしたことはまだ、ちょっと怒ってます！　でも、ごめんなさいが言える人だって、最後にわかってよかったかも……です」
　素直に謝ってくれたのは、それだけ理人先輩への気持ちが強いからなんだろうけど。
「それに、色々教えてもらったおかげで、お裁縫のスキルが身につきました」
　これは紛れもなく、秋元先輩が丁寧に教えてくれたおかげだから。
「……たいしたこと、教えてないわ」

「十分すぎるくらいですよ。私、実はボタンもまともにつけれなかったんです。ひどい出来で……だから、ありがとうございます」
　目も当てられないくらい下手な私でも、少し成長することが出来たんだ。
「……はぁっ。いい子すぎて、嫌になる。花咲くんが惚れるのも、当然よね」
「秋元先輩？」
「ハロウィンパーティーの当日、あれもこれも無理に頼んでやらせたの。どうせ何も出来ない世間知らずのお嬢様だと思ってたのに。嫌な顔ひとつしないんだもの」
　あれもこれもって……!?
　いよいよ本性全開の秋元先輩に、私は目を白黒させるしかない。
「それ鬼すぎでしょ」
「ええ、青葉くんの言うように鬼かもね？　すぐに出来ないって言って投げ出すだろうって思った。なのに、歌鈴ちゃんは頑張り屋さんで……」
　こなしていくのが必死だっただけです……とは言わなかった。
　ていうか、そんなことを企んでるなんて微塵も思わなかったから、衣装係って忙しいんだなって……。
「こんなに可愛くていい子が、花咲くんのお父様に紹介されたら気に入られるだろうって考えて……そしたらわたし、いてもたってもいられなくて……バカみたい」

本当にごめんね……と、蚊の鳴くような声でもう一度私に謝った。
「もっと素直になれば？　御曹司のどこがいいか俺にはわかんないけどな」
「……いいとこしか、ないわよ」
　素直に口にした秋元先輩の頬がほんのりと赤く染まる。
「それ言う相手は俺じゃないから」
「わ、わかってるわ……っ、努力は、するつもり……」
　恥ずかしいからなのか、赤い顔を伏せる秋元先輩を見て、私と蓮くんは顔を見合わせて笑ったのだった。

　あの後「御曹司を本気にさせるとか、その可愛さ犯罪級だろ」と。
　いい加減自覚して、と不服そうに呟いた蓮くんと一緒に教室まで戻った。
　そしてすぐに午後の授業が始まった。
　でも私は何度もスマホを確認してしまう。
　パパからは折り返しがない。
　メッセージを何度も送ったけど、未だに既読さえつかなかった。
　パパ……どうしたんだろう。
　若さんの情報じゃ、そろそろ帰国する動きがあるって聞いたんだけど。
　そして、放課後を迎える頃、それはやってきた。
「お嬢様ぁぁぁぁぁ!!」

「ひぇっ、若さん……どうしたんですか！」
　すごい慌てよう……。
　理事長との約束を守り続けてきたあの若さんが、いよいよ教室と廊下の境界線を越えたのだ。
　それほど重大なことなんだって、すぐに察した。
「大変です！　旦那様が！」
「パパが……？　どうかしたんですか!?」
　ドクンッと心臓が跳ねる。
「と、とにかくお急ぎください！」
　血相を変えた若さんに不安が募った。
　パパになにかあったの……!?
　私は大急ぎでカバンを掴むと、転がるように教室を飛び出した。

結婚反対宣言

「お嬢様！　こちらへ！」
　蓮くんの家の前まで来ると、若さんが誘導する。
「私の家……？」
　若さんは大きく相槌を打った。
　あれこれ考える余地は１ミリもない。
　久しぶりに我が家の門をくぐり、玄関までの道のりを走った。
「おかえりなさいませ、お嬢様」
　変わらず迎えてくれるメイドさんに会釈して、家の中へと入った。
「あれ……」
　すぐにパパとママの靴が目に飛び込んできた。
　えっ、まさか帰国したの!?
　だけど、連絡１本きていない。
　――ガチャッ！
　とても落ち着いてはいられず、リビングのドアを勢いよく開けた。
「あら、歌鈴。おかえりなさい」
「……ママ!?　それに、パパも」
　いつの間に帰国したのか、ふたりはダイニングの椅子に腰掛けていた。
　一体どういうことなのか、パニック状態の若さんと顔を

見合わせる。
「歌鈴ー。あぁ、会いたかったわぁ！　花嫁修業は順調かしらねえ？」
　フランスへ旅立つ前となにひとつ変わらないママは、私の肩に手を添えて笑顔を見せる。
　その姿に胸を撫で下ろした。
　久しぶりにママに会うとホッとする。
　お母さんって、偉大な存在だな……。
「……あのっ、ママ!?　帰ってくるなら電話してくれればよかったのに」
「んー、そうねぇ。ママはそうしたかったのよー？　でも、パパがねぇ……」
　やれやれといった表情で、近くのパパに視線をスライドさせた。
「……へ？　パパ？」
「旦那様!?　顔色がひどく悪いように思えますが、医療班をお呼び致しますか!?」
　ホント、パパってばどうしちゃったの!?
「いや、いいんだ若……気にするな」
　パパは力なく手を挙げて若さんに断りを入れた。
「パパ……？　私、電話したんだよ？　それに何度もメッセージ送って……」
　私の呼び掛けにも応じない。
「すまないが、とても返す気力がなくてね」
　今にもテーブルにおでこがくっつきそう。

ガックリとパパは項垂れたまま。
「ほらパパ。あなたの大好きな歌鈴が呼んでいるじゃない。ちゃんと話しなさいよ。緊急事態だ！って言い出して急遽帰国したんだから」
　き、緊急事態って。
　やっぱりよほどのことがあったのかな……。
　助け舟を出してくれたママに小さく頷くと、重い口を開いた。
「歌鈴……友希から聞いたよ」
「とも……き？」
　するとママが「理人くんのお父さんのことよ」と私へ耳打ちした。
「好きな人がいる、と……言ったそうだね」
「……、」
「本当なのか、歌鈴」
　顔を上げたパパの目は、心配と不安を宿していた。
　こんな顔をさせたかったんじゃない。
　──けど、ついにこの時が訪れたのだと思った。
「パパ。本当だよ」
　なんの迷いもなく私は答えた。
「歌鈴、相手は蓮くんかい？」
「うん」
　パパには、とっくの昔からお見通しだったのかもしれない。
「そうか……」

パパはじっと目を閉じて考えているみたいだった。
「薄々、わかってはいたんだ。ふたりが惹かれ合っていることを。蓮くんといる時の歌鈴を見ていると、心底幸せそうな顔をしていたからね」
　蓮くんと一緒にいると自然と笑みが溢れる。
　パパにもそれが伝わっていたんだなって思ったら、少し照れくさいけど、嬉しかった。
「だけど歌鈴。パパは認めることは出来ない！」
「……パパ!?」
　拳を握ったパパが突然、張り切って声をあげるから、私まで素っ頓狂な声が出てしまった。
「申し訳ありませんが、旦那様はただいま取り込み中でございまして……!!」
　その時、玄関の方からベテランのメイドさんの声が聞こえてきた。
「あ、いいのよ？　彼を通してちょうだい。わたしが呼んだのだから」
「奥様！　よろしいのですか？」
「ええ。もちろんよ」
　……彼？
　ママはいつもの調子で鼻唄でも歌うかのように「どうぞどうぞー」と、リビングのドアを開けた。
「えっ、蓮くん……？」
　どうしてか、息を切らして血相を変えた蓮くんがこの場に現れた。

驚きのあまり立ち上がると、椅子がガタンッと大きな音を立てる。
「歌鈴が帰ってくる前にママが呼んだのよぉ」
　どうして蓮くんを!?
　ダメだ、頭がついていかない……。
「いきなり押しかけてすみません」
　乱れた制服をさっと直すと、パパに頭を下げた。
　パパも「ママ!?」と飛びつくように驚いている。
「いいのよ蓮くん。授業が終わったばかりだったのに、いきなり電話をしてしまってごめんなさいね」
　連絡先を交換しておいてよかったわぁ！なんて呑気なことを言っているけど。
　いつの間に!?
　じゃなくて……今はそれどころではない。
　一瞬、蓮くんが息を整えながら私へと視線を送った。
「圭吾さん。歌鈴を海外へ連れて行くのは、待ってもらえませんか？」
「へ？」
　海外に連れて行く……？
「海外ってなんのこと？　ちょっとパパ……私そんなの聞いてないよ……!?」
　またしても寝耳に水……。
　大きな声で鬼気迫る私に、パパの目がキョロキョロと泳ぎだした。
「だって……こ、このままだと！　ふたりは交際に発展す

るかもしれないじゃないか……そもそも、パパは交際すら認めることはしないぞ！　もちろん結婚も反対だ！」
　まさかの結婚反対宣言。
　そもそも交際前だというのに、もっと色々しちゃってて、なんてことは口が裂けても言えない……。
「だからって、海外なんて！」
　あまりにも話がぶっ飛びすぎてるよ、パパ！
「いい機会じゃないか……そうすれば、毎日パパと一緒にいられるんだよ歌鈴!?」
「それは嬉しいけど……でも、そんな勝手なこと言わないでよ……っ！　私には学校だってあるんだよ!?」
　ここぞとばかりに頑固を発揮するパパと押し問答を繰り返していたその時、
「──圭吾さん」
　蓮くんがそっと口を開いた。
「口を挟んですみません。歌鈴と離れたくないのが俺の本音です。けどもし、歌鈴自身が行くって決めたなら俺にはもう何も言うことはありません」
「……蓮くん？」
　ドクンッと心臓が嫌なを音を鳴らす。
　けれど、不安に駆られた私を見つめた蓮くんは、とても柔らかく微笑んだ。
「──大人になったら、迎えに行きます」
　真っ直ぐに、意志のこもった声でパパに言った。
　今、なんて言ったの……？

大人になったら、迎えに行く……？
　まるで夢みたいで、たちまち喉が熱くなって、涙が込み上げてきた。
「ずっと考えてました。どうしたら歌鈴に相応しい男になれるかって。学力もこのままじゃ足りない、経済の仕組みも理解していかなきゃいけない」
「う、うむ……歌鈴と結婚したいと望むなら、後継者になることも意識してもらわないといけないわけでね……そ、その覚悟がないと……」
「覚悟は出来てます」
　あまりにも真剣な蓮くんの眼差しに、パパがおろおろと慌てふためいた。
「そんな……簡単なことじゃないんだよ蓮くん！」
「もちろん、わかってるつもりです。相当な覚悟がいるって。俺にはまだ経営や経済なんて難しい話ですが、圭吾さんの著書も拝読しました」
「あんらぁ！　聞いたパパー？　蓮くん、パパの本を読んでくれていたみたいよ！　よかったじゃないの！」
　わざとらしいくらい高い声でママが言った。
「あの社内一不人気な旦那様の本を……!?」
　……と、うっかり口が滑ったらしい若さんをパパがギロリと睨んだ。
　あ……。
　そういえば、いつも蓮くんは、難しそうな本を読んでいた。

学力だって中学の時に比べたらぐんっと伸びて……。
　気づけばいつもトップで、先生からも一目置かれるようになって……。
　それは全部、私のためだったの……？
「俺はまだ未熟で、何もかもが足りません。だけど、そうやって俺に出来ることはぜんぶやりたいんです」
「しかしだね蓮くん……っ、世の中はいい人間ばかりじゃないのだよ!?　中には家柄や学歴を気にする人間もいるのも事実。蓮くんが罵倒されることだって、あるかもしれんのだよ……」
　とても心配そうな口調で、まだどこかぎこちなくパパは答えた。
「すぐに俺の気持ちを認めてほしいとは言いません。でも、どんな困難も自分で乗り越えていくつもりです」
　迷いのない声だったと思う。
　背筋を伸ばして、はっきりとした口調で意志を伝える蓮くんの真剣な横顔を、私は初めて見た。
　だから、目が離せなくなる。
　蓮くんは、やっぱりカッコいいよ……。
「だが……っ、認めるわけには」
「もう！　まったく！　パパったらそれくらいにしておきなさいよ」
　ビクッ！とパパの肩が大きく揺れた。
「ママ……？」
　パパを見てだいぶ呆れている……。

「ほんっと素直じゃないんだから。言えばいいじゃないの！ 蓮くんに、自分と同じ思いをさせてしまうんじゃないかって思ったことを」
「琴子(ことこ)さん、どういうことですか？」
　蓮くんの問いかけに、ママはふぅーっと息をつく。
「あのね、本来この音無産業は、ママのお父さんの会社だったの。それを死に物狂いで努力して、パパが受け継いだのだけど」
　おじいちゃんが社長だったってことは、子供の頃に聞いたことがある。
「もちろん一筋縄じゃいかなくって。そもそもママとの結婚自体を反対されていたの。お父さんが、"どこの馬の骨かわからんお前に、娘はやらん！"って。昭和の親父丸出しですごかったんだから」
　ママ……親父って。
　そういえば、おじいちゃんはパパにド厳しいって若さんが話してくれたことがあった。
　私の前じゃいつもニコニコしていたから、その怖さは知らないけれど……。
「それでもパパは諦めなかった。いつもがむしゃらに頑張ってきたの。組織のトップに立って会社を経営するには、血の滲む努力が必要で。もちろんママにもその過酷(かこく)さはわからないわ。支えることしか出来ないからね」
　パパはいつも家では明るさを絶やさなかった。
　本当は苦しくて、大変な時だってあっただろう。

「だからね、蓮くんと歌鈴がもしも結婚することになったら、きっと大変な思いをさせてしまうって。まだ決まってもないのに、パパったらずっと悩んでいたのよ？」
　気が早すぎでしょう？と、ママが笑った。
「それに、パパも仕事となれば蓮くんにだって厳しくなるわ。歌鈴には極甘だけど、仕事じゃ鬼以上に鬼だからね。どれだけの人が泣きを見たか……」
　ぶんぶんと若さんが首を激しく縦に振っている。
「蓮くんが苦しむことになるから蓮くんとの結婚はダメだ、じゃあ歌鈴は誰と結婚したら幸せになれるんだ！って。何を血迷ったのか、友希さんに婚約話を切り出すし」
「ママ……もう、それ以上は」
「いーや、言わせてもらうわよ！　そもそもね、幸せかそうじゃないかなんてパパが決めることじゃないの！　歌鈴自身が決めるのよ。そうでしょう？」
「でもママ……もしかしたら蓮くんも辛い思いをして耐えられなくなるかもしれないじゃないか……！」
　必死に訴えるパパからは、本気で蓮くんを心配していることが伝わってきた。
「——圭吾さん」
　それを感じ取ったのか蓮くんは穏やかに話し出した。
「今の俺じゃ無責任なことは言えないけど、歌鈴がいてくれたらどんなことだって乗り越えられるって思ってます」
「しかし……っ、」
「圭吾さんがそうだったように。琴子さんがいれば——」

優しい声音に、ハッとした瞳をしたパパが蓮くんを視界に映す。
そうだよね。
パパだって、愛しいママがそばにいてくれたから乗り越えてこられたんだろう。
「私もそう思うよ、パパ」
我に返ったように、私と蓮くんを交互に見る。
「参ったな……」
おでこに手を添えて、ふっと眉を下げた。
「まだ子供だと思っていたのはパパだけだったか……ふたりとも、すっかり頼もしくなったね」
パパの顔に、不安の色は少しもなかった。
「……歌鈴を海外に連れて行くのは、長期休みだけにしようか、ママ」
「……パパ!? じゃ、じゃあ……っ!」
私は飛びつく勢いで身を乗り出した。
「二人で協力して、支え合っていくんだよ？ 応援しているからね」
パパ……!!
私、ようやくパパを安心させてあげられたの……？
ふと目が合った蓮くんは、うんと頷いてくれた。
嬉しくて、堪らない……。
パパも蓮くんもみんなが笑っているのに、胸に熱いものを感じて、再び涙がこみ上げてくる。
「……だ、だが！ 今は高校生らしい健全なお付き合いじゃ

ないとパパは許さないからね!?」
　うっ……。
　キスは健全なお付き合いには入らないのかな……？
　そんな心配をしていると、
「パパ、歌鈴を溺愛してるのはわかるけど、それ以上はやめなさい。老害なんて言われたら悲しいでしょ？　ね？」
　ママがパパを諭しながら、
「そうだ歌鈴。花嫁修業の話もじっくり聞きたいし、あのノートを持ってきてちょうだい」
　パチッとウィンクして私へ合図する。
　ママ、ありがとう……。
　私と蓮くんは顔を見合わせて笑い合うと、玄関へと向かって歩き出した。

誓いのキスはとびきり甘い

　外はもうすっかり夜を迎えていた。
　ふたりで蓮くんの家に戻って、ママに借りた花嫁修業のノートを手に取った。
「よかったじゃん。連れてかれなくて」
「うん……でもまさか海外に連れていこうとしてたなんて、ビックリだよね……っ」
　パパってば、時々とんでもないことを言い出すから気が抜けない。
「そんだけ歌鈴のこと手離したくないってことだよ」
「ん……パパの気持ちは、嬉しかった」
　私と向き合って、真剣にぶつかってくれた。
　過保護だとか籠の鳥だとか、そう言う人はいるかもしれないけど。
　全部、私のことを大切に思ってくれてのことだから。
　GPSはそろそろ外してほしいところだけど、今は素直にそう思える。
「歌鈴はちゃんと愛されてるってことだろ」
「わっ……」
　私の手からノートを奪うとテーブルに滑らせる。
　そして、両手で私の頬を包み込んだ。
「でも、俺には負けるんじゃない？」
「ひゃ、蓮く……っ」

ずいっと自分の顔を近づけてくるから、至近距離で視線がぶつかり合う。
　だからまた、心臓が激しく音を立てる。
「琴子さんから歌鈴が海外に連れてかれるかもって電話もらった時、お前のことが好きすぎてパスポートとろうとしたくらいだよ？」
「へっ、そんなこと聞いてな──」
　視界の隅で蓮くんがフッと笑った。
　その瞬間、唇を塞がれていて……。
「ん……っ、」
　ほんの少し唇を離して、私の表情を確かめると、またすぐにキスが降ってきた。
　……蓮くんの熱が流れ込んでくる。
「まだ足りない？」
　吐息混じりに聞いてくる蓮くんに、
「ぜんぜん足りない……、」
　欲張りな気持ちを素直に口にすると、蓮くんの瞳が少しだけ大きくなった。
「……でも、聞きたくて。蓮くんは本当にいいのかなって」
「なにが？」
「……パパの前でああ言ってくれて、嬉しかったよ。でも、大変な思いをすることになるかもしれないし……それに、嫌なことだってきっと……」
　そこで声を詰まらせた私は足元に視線を逃がす。
　家柄や学歴を気にする人間もいるって、パパが言ってい

たから。
「俺が非難や罵倒に負けると思ってんの？」
　私の言いたいことを汲み取ってくれた蓮くんは、
「俺は両親のもとに生まれて後悔なんかしてないし、恥じたこともない。むしろ感謝しかないよ」
　穏やかな口調で言いながら宙を仰いだ。
　その瞳は煌めいていた。
　幼い時の思い出が走馬灯のように駆け巡る。
　ずっと一緒に過ごしてきた蓮くんは、もう、こんなに立派で……。
「それに俺にとっても好都合。家の名前も、親の七光りも、そんなもん俺には初めからない」
　私は蓮くんから目を逸らさずに耳を傾ける。
「花咲が言ったみたいに不利だとか思ったこともないよ。それって、俺自身だけを見て評価されるわけだろ？　最高の条件だと思わない？」
　自信たっぷりに言い切った蓮くんの瞳には、強い意志がこめられていた。
「そう思えるようになったのは、歌鈴に出会えたから」
「蓮くんは、私でいいの……？」
　声が震えた。
　でも、それは悲しいからじゃない。
「だって、今の蓮くんはずっと大人で、私よりも……」
　遠い未来まで見据えている。
「歌鈴じゃなきゃダメ」

「っ、」
「俺の人生にお前がいないとか、生きてる意味ないくらいなんだけど。何回言ったらわかんの?」
　そっと蓮くんの胸の中に抱き寄せられる。
　胸が甘く締め付けられて、幸福感で満たされていく。
「……でも私、まだ花嫁修業も途中で。きっとママにも指摘されることばっかりで……っ、」
　目の奥が熱くなって、込み上げてくるものを必死に押し止めようとしても。
「ん。いいよ。ゆっくりでいいんだよ歌鈴」
　私の不安を取り除いてくれる蓮くんの優しい声に、涙が溢れ出した。
「ここに来た歌鈴はトースト1枚まともに焼けないし、風呂掃除完璧にしてドヤ顔してるくせに電球は切れてるし、買い物しても財布は忘れるし」
「うぅ……っ」
　泣きながら、顔が赤く染まっていく。
「それでも俺は、そんなお前が可愛くて好きでたまんない」
　涙で濡れた私の頬を持ち上げる。
「だから、俺の隣には歌鈴がいい」
　私じゃなきゃダメだって、もう一度言ってくれた。
「俺の気持ち伝わった?」
「うん……っ」
　ぐすんっと鼻を啜って頷いた。
「じゃあとひとつだけ聞いてくれる?」

ゆっくりと私の前で腰をおろした。
「蓮くん……？」
　すとんと膝をついて、そっと私の手を握る。
「もっと俺に頑張らせて？」
　私を見上げる瞳は、温かさで溢れていて……。
「辛いことや苦しいことは絶対あるって思ってるよ。でも、家に帰れば歌鈴がいるだろ？」
　私は「うん」と返事をしながら、蓮くんの手を握り返した。
「そんな幸せなこと他にあると思う？」
　ふっと柔らかく目尻を下げて淡く微笑んだ蓮くんに、やっぱりまた涙が零れてきた。
「俺じゃなきゃダメって聞かせてよ」
　立ち上がった蓮くんがおでこを合わせてくる。
「泣いて……顔ぐちゃぐちゃだから、待っ……」
「いいよ。泣いてる顔も可愛いだけ」
　隠そうとしても、蓮くんの手は私の手を握っている。
「誓いの指輪は今はないけど、約束する。歌鈴のこと誰よりも幸せな花嫁にするって」
　未来を照らしてくれる言葉に、胸が高鳴っていく。
「――だから、俺と結婚してくれる？」
　夢のような言葉に、再び一雫の涙が頬を伝っていった。
「はい……私で、よければ……」
　きっと私は、この瞬間の出来事を一生忘れないと思う。
「来世でも歌鈴じゃなきゃダメだって」

「きゃっ……」
　突然、私を抱き上げてソファーへと連れて行く。
　自分の膝の上に乗せると、横抱きにしたままくすりと笑った。
「で、歌鈴。この前の続きは？」
「この前って、言うと……？」
「圭吾さん達が帰ってきたら、続き聞かせてくれんじゃなかったの？」
「あっ……」
　ハロウィンパーティーの夜のことを言ってるんだ。
　好きって言いそうになったけど、蓮くんにストップをかけられて……それっきりだった。
「あのね、私は……」
「ん？」
　改めて伝えようとすると、やっぱり恥ずかしくて。
　だけど、蓮くんの瞳を見つめれば、
「蓮くんのことが、好き……です」
　溢れる想いは自然と言葉になった。
「歌鈴はズルいよね」
「へっ？」
「息してるだけで可愛いのに、好きとか言われたら我慢できなくなる」
　蓮くんの甘い声に、身体中が熱に包まれる。
「卒業まで待てないくらい」
「えっ!?　それはパパが反対するかも……」

せめて高校を卒業してからじゃないと……。
「結婚の話じゃないよ」
「じゃあ、なんの——」
　——ドサッ。
　それは完全に不意打ちで。
　視界が大きく揺れたと思った次の瞬間には、蓮くんが私を押し倒す形で上から見下ろしていた。
「今すぐ歌鈴のぜんぶがほしいって意味」
「……っ、」
　欲張りなセリフに、心臓はこれ以上ないくらいドキドキしていた。
「私も……蓮くんのぜんぶがほしい」
　心は蓮くんでいっぱいになる。
　気づけば、私の口からは自分でもビックリするくらい大胆な言葉が滑り落ちていて……。
「……無自覚なんだろうけど煽ってるだけだから、それ」
　微かに赤く染まった蓮くんの頬に、今度は私から触れてみる。
「ほ……ホントだよ……？」
「そうやって可愛いこと言われたら止める自信ないって言ったよね？」
　蓮くんの熱っぽい瞳が、ハッとした私を見つめる。
「って言っても、まだ埋められるわけにはいかないから俺が我慢……しんどいんだけど」
　……と。

おでこに手を当てて、溜め息をついた蓮くんに私はクスッと笑った。
「いいよ。今は我慢する。でも結婚したら、寝かせてあげらんないから」
「……っ!?」
「だから、歌鈴も今から覚悟してて」
　とびきり甘いキスは絶え間なく降り注いだ。
　——どうやら、未来の旦那様は今よりもっと欲張りみたいです。

fin.

書き下ろし番外編

未来の旦那様はもっと溺愛したい

　蓮くんとの同居を経て音無家へと戻ってきた。
　同居解消はちょっと残念……なんて思ったりもしてる。
　もちろんそんなことは恥ずかしくて蓮くんには言えないけど……。
　パパとママも私達のことを認めてくれて、安心してもらえて、幸せな気持ちのまま冬休みを迎えた。
　……はずだった。
「かーりん!!　ちょっと来なさい！」
「ヒェッ……」
　ハッピースタートを切ったと思っていた冬休み。
　家の中にママの大きな声が響き渡る。
　玄関掃除をしていた私と若さんは何事か!?と顔を見合わせた。
「歌鈴、あなたは花嫁修業中の身だということはわかっているわよね？」
　広い廊下で、私とデッキブラシを持った若さんをジロリと睨んだママ。
　声の感じからしても、相当怒っているみたい……。
「も、もちろんわかってるよママ！　だからこの大正時代から代々伝わるノートにそって……」
　もごもごと答えれば、ママの眉がピクリと反応した。
「昭和でございますお嬢様……っ」

ハッ……!!
　若さんに耳打ちされて、慌てて訂正しようとしたけれど時すでに遅し。
　二乃ちゃんと大正だの昭和だの言っていたから、つい口を突いて出てしまった禁句ワード。
「もう１回言ってごらんなさい歌鈴？　えっ？　いつの時代ですって？」
「奥様ぁ！　それだけは……っ、それだけはご勘弁を！」
　若さんの手から無理矢理に奪ったデッキブラシを握りしめ、ミシミシいわせている。
「……昭和で間違いありません！」
　ママの手にかかればデッキブラシなど木っ端微塵だ。
「二度と間違えないように！」
「はいぃ……！」
「それでね歌鈴。どうしてママが怒っているかわかる？」
「……って言われてもママ、トイレ掃除も窓拭きも終わったし……今は玄関掃除をしてたとこで……」
　何も問題はないはず……。
　小姑のような若さんのチェックだって、合格をもらったし……。
「ほーん？　心当たりがないと？」
「……な、ないよ？」
　そう、と呟いてからニコリと微笑んだママ。
　私と若さんもホッとした……直後。
「キッチンのお皿の上にあったシュークリームが２つ消え

たのだけれど、それも心当たりがないと？」
「……っ!!」
　私と若さんはビクリと肩を揺らした。
「あれはパパのお客様のためにお取り寄せした１日限定５個の幻のシュークリームよ！　それをつまみ食いするとは、何を考えているの!?」
　どうしようっ……。
　バレてるよ若さん……！
「あの時、部屋には確かにわたしとお嬢様しか……っ」
「若っ!!　そんなことは聞いてないわよ！」
「ハッ……！」
　青ざめた若さんは口を結んだ。
　食べたのは小腹が空いた私と若さんである……。
「メイドさんからの目撃証言もあるのよ？　その方を連れてきましょうか？」
「ごめんなさい……」
　言い逃れ出来るわけがない。
　肩を縮めた私と若さんは素直に謝罪した。
「おもてなしの心を持つことも覚えていかなくちゃいけないのよ？　結婚したあと、歌鈴はそんなんでどうするのよ！　だいたい──」
　ママのお説教を聞きながら反省しなきゃ、と項垂れていると。
「お嬢様、わたしの経験ではあと２分ほどでございます。辛抱致しましょう」

「……」
　全く反省の色が見えない若さんの言う通り、2分ほど経った頃、ようやく許しを得た。

　それから玄関掃除を終えたのは夕方だった。
「ピカピカでございますね、お嬢様」
「はい！　これならママも納得してくれると思います」
　急いで後片付けをしていると、
「すげぇ綺麗。滑りそうなくらい」
「あっ、蓮くん……！」
　大好きな人の声に振り返れば、私を見つめるブラウンの瞳と目が合った。
「成長しすぎじゃない？」
「えへへっ」
　蓮くんに褒められて嬉しくなる。
　自然と笑顔になった顔を向けると、蓮くんが私を見て微笑んだ。
　たったそれだけでキュンッと胸が音をたてる。
「青葉様、予定の時間よりもだいぶ早いですね」
「圭吾さんの仕事の話聞く前に、歌鈴の顔見にきたからね」
　蓮くんは冬休みに入ってからパパと色々と話しているみたい。
　主にパパの仕事のことで、ママいわく、今日は経営理念っていうものを話すらしい。
「蓮くん大変じゃない……かな？　もうそんな難しいこと

まで覚えていかなきゃいけないの？」
「全然大変じゃない。歌鈴との未来のためだから」
「う、うん！」
　蓮くんも頑張っている。
　大変なのは、私だけじゃない。
　そう思って、私も頑張るね、と伝えようとした。
「だからそんな顔しないで？」
　けど、それよりも先に、蓮くんの大きな手が私の頭をくしゃりと撫でた。
　あの日から蓮くんは今までよりもずっと頼もしく見えるんだ。
　赤く染まっているであろう顔を隠すように、こくこくと頷いてみせる。
　すると蓮くんは、はぁっと大きな溜め息をついた。
「早く毎晩抱きしめて寝たい」
「……なっ」
「今はまだ我慢するけど」
　蓮くんの不意打ち発言に、もっと顔が熱くなっていく。
　そんな私を見た蓮くんはクスッと笑った。
「覚悟してね、俺の花嫁さん」
「っ」
　耳元で囁いた蓮くんは、家の中へと入っていった。
「近いです!!　旦那様から認めてもらえたとはいえ、適切な距離はしっかりと守って頂かなくては困りますよ！」
　そんな蓮くんの後ろ姿に叫んでいる若さんの隣で、私は

しばし固まっていた。
「が、がんばる！」
　ひとり意気込んで、冬休みの花嫁修業にも気合いを入れることにした。
　目を光らせているママからもお説教を受けないようにしなきゃ！
　私だって、蓮くんと一緒に成長したいから。
「はいお嬢様。ともに精進して参りましょう。青葉様も耐えておられますからね」
「え？　耐える？」
「はい。これから始まる旦那様からの気の遠くなるような長話……ではなく、ご教示に耐えるとは、青葉様はなかなかの強者でございますよ」
「……」
　パパに聞こえたら、今度こそお気に入りのそのデッキブラシをへし折られるだろうな……。

　次の日、私に悲劇が襲いかかることになった。
　今日は朝食作りから始まる。
　エプロンをつけて、長い髪をしっかりまとめる。
　よしっ！
　支度を済ませた私は、今メイドさんやシェフのかたに紅茶の正しい淹れかたや調理の方法を教えてもらっているところ。
　うん、いい香り！

「本日の朝食メニューは洋食ですね！」
「はい。旦那様も奥様もパンがお好きですからね」
　オーブンからそっと取り出してみると、表面はサクサクに出来上がっていた。
「焦がさなくてよかったです！」
　トーストを焦がした当初にくらべると、一歩前進してるよね……？
「難易度は徐々に上げていきましょうね」
　シェフのかたに教えてもらって、ようやく朝食が完成した。
　芳醇なバターの香りが漂うクロワッサン、分厚いベーコンにスクランブルエッグ。
　トレーに並べて、冷めないうちにリビングにいるパパとママのところへ慎重に運ぶ。
　ふたりは喜んでくれるかな？
　期待を胸に、ドアを開けようとしたその時だった。
「じゃあ、もう決定なのね？」
　最初に聞こえてきたのはママの声だった。
「ああ。昨日、蓮くんも承諾してくれてね。どんな経験もしていきたいって言ってくれたんだよ」
　パパの声が嬉しそうに弾んだ。
　部屋の中から聞こえるふたりの声に、私はピタリと動きを止めた。
　蓮くんが、承諾って……？
「だから蓮くんの留学は確実に決まりだよ」

え……？
　蓮くんが、留学……する？
「そう……歌鈴は寂しがるでしょうけど、蓮くん本人が決めたのなら見守るしかないわねぇ」
　ちょっと待って……。
　蓮くんが決めたって、留学することを？
　初めて耳にする話に頭の中が混乱する。
「僕も歌鈴と一緒に過ごしたいから、歌鈴も連れてってあげたいところだが……」
「ダメよパパ！　あの子にはあの子のやるべきことがあるんだから。すぐに甘やかすようなことは言わないでちょうだい」
　ピシャリと遮ったママの厳しい発言に、パパが口ごもっているのがわかる。
　蓮くんと、離れることになるの……？
　それも、日本と外国じゃ、すぐには会えない距離……。
　考えただけで、意識が遠のく。
　私は朝食を乗せたトレーを落としそうになった。
　蓮くんと離れ離れになるんだ。
　未来のためとはいえ、心の準備なんてひとつも出来ていない。
「ふたりの成長が楽しみね、パパ」
　心臓がドクンドクンと鳴り響いている。
　ど、どうしたらいいの……!?

あのあと、私はなんとか平然を装って、パパとママに朝食を出して食べてもらった。
　パパはおいしいおいしいと感動してくれて、ママからはそれなりに褒めてもらったのに、手放しで喜べない……。
　心の中はずっと落ち着かなかった。
「はぁ……」
　部屋に戻った私は、二乃ちゃんにメッセージを送ろうか迷った。
　こんな時、二乃ちゃんに打ち明けたらきっと元気づけてくれると思ったから。
　でも、これじゃいけない……。
　誰かを頼ることは悪いことじゃないけれど、未来の花嫁さんになるって考えたら、自分でなんとかしなきゃ。
　今私に出来ることは、なんだろう……。
　全く集中出来なかった冬休みの課題を中断して、私は考える。
　蓮くんは未来を見据えて、もう自分の進むべき道を決めているんだもん……。
「失礼致しますお嬢様。そろそろ午後の庭掃除のお時間でござ……お嬢様!?」
　机と一体化するようにベタッと顔を押し付ける私の元へ、血相を変えた若さんが飛んできた。
「も、もう私はダメです……」
「お嬢様!!　具合が悪いのですか!?　ただちに医療班を！」
「違うんです……考えても考えてもわからなくて」

若さんの視線が机の上に広げた冬休みの課題に向いた。
「それほど難しい課題なのでしたら、すぐにこの若を呼んでくだされば一緒に問題を……」
「かっ、海外の女の子は、絶対スタイルがいいに決まってるじゃないですか……っ」
「………お、お、お嬢様？」
　頭の中がいっぱいになって、私は若さんに胸の内をすべて話し出した。
　海外には、可愛くて綺麗でスタイルのいい女の子が大勢いるから不安なことも……。
「……なるほど。旦那様と奥様の会話を聞いてしまわれたのですね」
「はい……蓮くんが、留学するって」
「差し出がましいようですが、わたしからも旦那様にお聞きしたのです。お嬢様の耳にいれなくてもよいのか、と」
「パパはなんて言ってたんですか……？」
「青葉様の口から直接お嬢様に話すのがよい、と。そう仰っておりました。わたしもそれがよいと思います」
　蓮くんからはまだ何も言われていない。
　昨日会ったきりだし……。
「私、まだ蓮くんと話してもいないのにひとりで考えてしまって……ずっとモヤモヤしていて」
「お嬢様が不安になってしまわれることは、とても自然なことでございます。好きな人と離れることは、勇気がいることです」

勇気……。
　私には、まだその勇気や覚悟がないのかもしれない。
「青葉様は誰よりもお嬢様を溺愛しておられるのです。スタイル云々など、お嬢様が気に病むことはございませんよ」
「若さん……」
　笑顔を浮かべながらトンッと私の肩を叩いた若さんは。
「遺伝というものは、自分ではどうにも出来ないものでございます」
「……」
　そこで私は青ざめた。
　なぜなら背後では拳を震わせる笑顔のママが立っていたからだ。
　──ドカッ!!
　その数秒後、私の視界から若さんが消えた……。
「遅いと思って様子を見に来てみれば、わたしの悪口を言っていたなんてね！　冬のボーナスはカットよ、若！」
　相変わらず一言余計なことを付け足しちゃう若さんと一緒に、今私は、課題である花嫁修業に励むことが大切なのかもしれない。

「歌鈴が俺の部屋にいるとか、これ夢？」
　しかもこんな時間に、と蓮くんは付け足して嬉しそうに笑った。
「うっ……」
　実は、花嫁修業の課題をこなしていたんだけど、どうし

ても蓮くんに会いたくなって、部屋に来てしまった……。
　もちろんパパとママの許可はしっかりともらってきた。
　若さんだって一緒。
　今は部屋の前で待ってもらっているところ。
「夢……なら、よかったのに」
　あの日聞いたことが夢なら、と思ってしまう。
　でもそれは、私のわがままだから。
「どうした？　琴子さんに叱られた？」
　顔に出したつもりはないけれど、そんな私の様子にすぐに気づいてくれる。
　その優しさが嬉しくて、好きな気持ちはもっと募るんだ。
　ふるふると首を振って顔を上げれば、蓮くんが優しい眼差しで私を見つめていた。
「離れたくない……から……」
　精一杯、口にした言葉。
　"留学のこと"とは言えなかった……。
　蓮くんは少し驚いたように目を丸くしている。
「なに？　今日、積極的じゃない？」
　ベッドの上で正座をする私の顔を下から覗き込む。
　近づく距離にドキンッと鼓動が大きく揺れた。
「歌鈴？」
　そう言って、私の頬に手を滑らせる。
「……っ」
「キスもしてないのにもう真っ赤」
「だって、蓮くんが触るから……」

久しぶりに触れられて、あっという間に体温が上がっていく。
「離れたくないとか、ベッドの上でそんな可愛いこと言わないで。こっちがしんどい」
「うん……そうだよね。ごめんね。やっぱり、私もう一度考えてみる……っ！」
　留学のことを聞く勇気もまだないくせに……。
　だから出直すべきだよね、と思ってベッドから降りようとした。
「俺が黙って帰すと思う？」
　その時、蓮くんの艶っぽい声がして、振り返ろうと身体を捻ったのが間違いだった。
「わっ、わわっ……!?」
　急に動いたせいか、膝をついたまま身体はバランスを崩した。
「危ないって」
　蓮くんの声が聞こえたけれど、私の視界はぐるんと反転した。
　ドンッ、と顔をぶつけて瞬時に目を開く。
「大胆すぎじゃない？」
「きゃっ……!!」
　私は蓮くんを押し倒すような形で倒れ込んでいた。
「可愛い声まで出して、もう誘ってるとしか思えないんだけど」
「……ち、違うもん！　今のは、事故で……っ」

大歓迎、なんて声を弾ませる蓮くんに心臓が飛び出しそうになる。
「琴子さんにそんなことまで教えてもらったの？」
「……そんな、こと？」
　私は一時停止して、首を傾げる。
　蓮くんは目を細くして微笑むと、
「ベッドで主人を喜ばせる方法。すごい課題だな？」
　心底、嬉しそうに言ってのける。
「……なっ、なに……言ってるの!?　蓮くんってば！」
　口をパクパクさせるしかない。
　それに、距離が近すぎるよぉ……。
　蓮くんの顔が目の前にあって、恥ずかしすぎてどこを見ていいかわからない。
　目がキョロキョロ泳いじゃう。
「早速試してみれば？　俺が喜ぶか」
「……って、そんなこと知らないったら！」
「暴れたらもっと抱きしめちゃうけどいいの？」
「……も、もう抱きしめてるでしょ!?」
　腕を突っぱねてみるけれど、いとも簡単に手首を掴まれてしまった。
　しかも、蓮くんの大きな片手で……。
「いつまで経っても余裕ないよな？」
「ないよ……全然ないもん……っ」
　私とは違って、蓮くんは相変わらず余裕たっぷりだ。
「そういうとこも好き」

口角を上げて笑みを浮かべる蓮くんに、全身がかっと熱くなる。
「琴子さんには教えてもらわなくていいから」
「……え？」
　ようやく蓮くんの目を見つめ返した。
「そういうことは、俺が教えてあげる」
「蓮くん、が……？」
「そう。キス以上のことも全部」
　教えてあげる、ともう一度、低く囁いた蓮くんは、私の頬にチュッとキスをした。
「……なっ!?　もう……っ！　いきなり、蓮くんズルいよぉ！」
　久しぶりにキスをされて嬉しいのに、ドキドキが止まらなくて大変だった。
　身体が密着しているせいで、私の心臓の音が聞こえているかもしれないし……。
「まだ我慢してあげる。圭吾さんに絞められたくないからな？」
　いっぱいいっぱいの私の腕をそっと解いた。
「それに、琴子さんに教えてもらったら強くなりすぎるから」
「た、確かに……」
　キスをされた頬に手を添えながら呟いた。
　今でも時々、ストレス発散になるのよ！って、レスリングの練習なんかもしてるし。

そんな日は、大抵若さんがどこか押さえて帰ってくるんだよね……。
「俺は若さんみたいに張り倒されんのはごめんだから」
　私の髪をすくように手にとって、蓮くんが笑った。
「ふふっ。ママが聞いたら怒っちゃうよ？」
「だから内緒にして？」
　イタズラな瞳の蓮くんと顔を見合わせて、私はクスクス笑った。
「……おふたりとも、そんなにわたしの不幸が喜ばしいですか」
　ギクッ……！
　声を辿ると、ドアの隙間から顔を半分覗かせた若さんが、恨めしそうにこっちを見ていた……。
　もちろんそのあと「近いです近いです！」と八つ当たりのように私から蓮くんを引き剥がしたのは言うまでもない。
　結局、留学の件は触れられなかったし、蓮くんから切り出してくることもなかった。
　けど、今はまだ、私に出来ることをやるべきだって思ったんだ。
　蓮くんが旅立つその日、笑顔で送り出してあげられるようになりたいから。

「え？　旅行？」
　自宅の門の前で素っ頓狂な声が出た。

私は黒い高級車に寄りかかる人物に聞き直す。
「そ。冬休みだし、一緒に行かないー？」
　屈託のない笑顔で誘ってきたのは理人先輩だ。
　今日はそのためだけに、わざわざ家まで来てくれたみたい。
「って言われても……私は花嫁修業中ですし、この前もママに叱られたばっかりで……」
　次こそはママの怒りの矛先が若さんのデッキブラシに向くと思う。
「うんうんー。歌鈴ちゃん頑張ってるみたいだし？　それは偉いけど、疲れも溜まってるんじゃないかなーって思ってさ？」
「あの、行きたいのは山々ですが……ママのお許しが出るかな……。それに、理人先輩だって色々お家のこともあると思いますし……」
　花咲財閥の御曹司だもん。
　年が明けてからは、会食やパーティへの参加も多いんだってパパから聞いた。
「俺はねー、今でも歌鈴ちゃん一筋だよー？　疲れたお嬢様を癒すためなら、旅行なんていくらでも連れてくから」
　ねっ？と、ボンネットから身体を離すと、ニコニコしながら私の目の前までやってきた。
「まさか……旅行は理人先輩とふたりで？」
　恐る恐る尋ねてみたけれど、静かに微笑んでいるだけだった……。

その笑顔が怪しい気がして……。
「すみません……っ、旅行には行けません！　気持ちはとても嬉しいですが……」
　ごめんなさい、と頭を下げた。

「歌鈴ちゃんの大親友は新しいパジャマまで買ったのにー？」
「え!?　に、二乃ちゃんが!?　っていうか、二乃ちゃんも行くんですか!?」
　だったらそう言ってくれればよかったのに……。
　理人先輩は、私の家に来る前に二乃ちゃんの自宅へ足を運んだと言った。
「歌鈴を連れていくためのダシに使ってるんじゃないですか？　それにわたし、ポエムアカウントの更新で冬休みは忙しいので！」
　ってお断りしてくれた二乃ちゃんにさすが！と感心した。
　……けれど、
「そうか。残念だねー。若さんはもうスキーの板も磨いて準備万端なんだけどなぁ。でも仕方ないね。俺から若さんに伝え……」
「ぜひ行きましょう！　最推しの若さんがいるのでしたら話は別ですから。それに、冬休みは特に予定もなくて退屈だったんで」
　相変わらず、手のひら返しが得意な二乃ちゃんだったら

しい。
　ポエムアカウントの更新はどこへ……？
「ってわけなんだけど、まだ行く気にならない？　花嫁修業も、たまにはお休みしても罰は当たらないと思うよー？」
「理人先輩……そこまで考えてくれていたんですね……」
　さすがに行かないなんて即答したことを申し訳なくなってしまう。
「当然だよ。歌鈴ちゃんのためなら何だってしたいんだよね、俺」
　理人先輩の手がすっと私の肩に触れた。
「なぁんてねー？」
「へっ？」
「そう言えたら俺の好感度めちゃくちゃ上がったんだろうけど、旅行を提案したのは青葉蓮なんだよねー。あぁ、ムカつく」
「蓮くんが……!?」
　思わず大きな声が出てしまった。
「そっ。わざわざ俺ん家まで来て、歌鈴ちゃんに息抜きさせたいんだけど、どっかいいとこ知らないかって」
「私のために、失脚すればいいのにって言っていた理人先輩のところまで行ってたんですね……」
「……歌鈴ちゃん、それ要らない情報」
　昨日は旅行の話なんてひとつも出てこなかった。
「理人先輩も、それなら最初から言ってくれればよかったのに……」

「青葉蓮に美味しいとこもってかれんのは癪だしー？ それに、俺らも参加するって条件であのホテル予約とったんだからさー？」
「あのホテル……ですか？」
「前に歌鈴ちゃんが親友ちゃんと一緒に見てたホテルだよー」
「それって２年先まで予約でいっぱいのあのホテル!?」
　二乃ちゃんも行きたがってたホテルだ。
　今頃は、雪も積もってさらに人気が沸騰しているみたいだし……。
　さすが花咲財閥の御曹司。
「だからさー？　歌鈴ちゃんは全力で楽しんでよー。きっといい思い出になるし」
「はい……っ。ありがとうございます！」
　こうして私は２日後、旅行に行くことになった。
　思い出……か。
　蓮くんが留学したらきっと旅行なんて一緒に行けない。
　そう思って、蓮くんも提案してくれたのかな。
　色々と思うことはあったけれど、せっかくの旅行なんだから、思い切り楽しもう！

　旅行当日の朝。
「いやいやママ、何を言っているんだい!?　今日だからこそGPSをオンにするべきだと僕は思うんだ！」
　パパの心配性がこの上なく発揮されたせいで、玄関を出

るのも一苦労……。
「パパ！　監視対象は若だけで十分よ！」
「お、奥様……!?」
「旅行先はスキー場もあるからって浮かれないことよ！」
「奥様、それでしたらわたしはソリの方に乗ろうかとまだ迷っ……」
「いいわね、若!!」
　そろそろ理人先輩の家の車が門の前に到着する時間なんだけど……。
「歌鈴……心配で眠れない夜を過ごして朝食も喉を通らないパパを置いてまで行くんだね……そうか……」
「……」
　涙ぐむ芝居までするなんて、パパはいつの間にそんなスキルを身につけたんだろ……。
「旦那様、この度はホテル周辺にチームGまで配置することに致しましたので、どうかご心配なさらずに」
　ママが早く行きなさい！と目配せしてくれた隙に、なんとか荷物を持って我が家を出ることに成功した。
「お嬢様、存分に旅行を満喫致しましょう！」
「はい！」
　既にサングラスからスキーゴーグルを装着した若さんに元気いっぱい頷いた。
　楽しい思い出を作れたらいいな。
　胸を弾ませて、理人先輩のお迎えの車に乗り込んだ。

「見て見て歌鈴！　あっち！　山の方雪が積もってない!?」
「現地ではスキー場もございますので、さぞ楽しめるかと思いますよ」
「わ、若さんがわたしとスキーをご所望!?　どうしよ……ゲレンデの雪溶かしちゃうかも……」
　そんな心配はいらないよ、二乃ちゃん……。
　カイルさんが運転する花咲財閥の大きなワゴン車に乗り込んで、車内は遠足ムード……だったのは二乃ちゃんと若さんだけだった。
「青葉蓮はさっきから溜め息ばっかりついてるけど、そんなに俺がいるのが不満ー？」
「全然不満じゃない」
　後ろの座席ではなかなか不穏（ふおん）な空気が漂っている……。
　特別仕様の車内は、お互いの顔が見えるように座席が向かい合っていて、理人先輩と蓮くんは対面に座っている。
　ちなみに蓮くんの後ろの席は「お嬢様とは適切な距離を」とメジャーを手にした若さんである……。
「へぇー？　溜め息ついて、おでこに手ぇ当てて、それのどこが不満じゃないわけー？　ふたりきりじゃないからー？」
　理人先輩ってば、そんな煽らなくても……。
　さらには、ふふんと挑戦的な態度で蓮くんを見やる。
「これこそ心躍る展開よねぇ……」
　二乃ちゃんはふたりの仲裁に入る気などさらさらないらしい。

「歌鈴が楽しめるなら誰がいたって構わないんだよね、俺」
　はぁっ……と心底げんなりした様子で答えた蓮くんは、盛大な溜め息をついた。
「とか何とか言ってる割には態度に出過ぎだよねー？」
「そんなの当然じゃないの？」
「……もっと謙虚になれねーのかよ、青葉蓮」
　理人先輩が苦笑いを浮かべたのが見える。
「無理だろ」
「お前な……」
　ど、どうしよう……！
　このままだと喧嘩に発展しちゃうんじゃ……と、心配したその時。
「久しぶりに歌鈴を抱きしめて寝れるって考えただけで朝から溜め息止まんないんだよね」
「は……？」
　へ……？
「同棲してる時はこれでも我慢してきたんだけど、そろそろ限界」
「青葉……お前って、ホント期待裏切らないよね。もういいわ……」
　理人先輩は疲れた顔をして窓の景色に視線を投げた。
　も、もう……蓮くんってば同棲じゃなくて、同居なのに！
「でもアンタには感謝してる」
　って、珍しい……。
　犬猿の仲にも近いっていうのに、蓮くんが理人先輩にお

礼を言ってるんだもん。
「ふーん？　そんなこと言えるようになったなんて、少しは成長したー？」
「圭吾さんにも目上の人には人一倍気を遣うことも必要って教わったから。だからこれ、アンタにあげる」
「さすが歌鈴ちゃんのお父さんだね。で、お前がお礼の品まで用意してくるとは、驚きだねー」
　ホント、私もビックリ……。
　いつの間にお礼の品まで用意したんだろう？
「まっ、それならありがたく受け取ってあげるよー」
　上機嫌でお礼の品を袋から取り出した理人先輩は。
「……お前さ、さっきの言葉取り消せよ。なにこれ？」
「冬休みの美術の課題。アンタの顔上手く描けたから。遠慮しないでよ」
　蓮くんって確か、昔から絵は得意じゃなかったような記憶が……？
　言葉を失っている理人先輩の手元を覗いてみる。
　おお……。
「歴史の教科書に載ってそうな絵ですね」
「うむ。雰囲気はとても似ておりますねぇ」
　二乃ちゃんと若さんの余計な突っ込みが飛んできた。
「名村と若さんはさすがだな？　雰囲気は意識したんだよね」
「……クソガキ」
　理人先輩はその言葉を最後に口を閉じた……。

それからしばらく車に揺られ、だんだんと景色が変わっていった。
　普段は見ることがない雪景色に目を奪われながら、ふと蓮くんが言っていたことを思い出す。
　抱きしめて寝るなんて……。
　そんなこと言うから、心臓がドキドキしちゃう……。
　まだ朝だっていうのに。
「若さん！　わたしと、現地に着くまでしりとりをしませんか!?」
「構いませんよ。"ん"がついた者の負けというルールでしたね」
「は、はいい！　わたし、昔からしりとりは強いって有名でして！」
　そんなのは初耳だよ……。
「ほお。ですが、わたしも本気を出させて頂きますので、すぐに決着がつきそうですよ？」
「好きな子に意地悪したいタイプですね！　ですが心配はいりませんよ！　終わらせませんからね！」
　永遠に終わらせないしりとりを展開する二乃ちゃんの隣で、私は甘い夜を過ごすことを想像して静かに顔を赤くしていた。

「わぁー！　すごい綺麗……！」
　自然豊かな美しい冬の森の中に、宿泊先の大きくて豪華なホテルは建っていた。

「さすが一度は泊まってみたいホテルナンバーワンねぇ。これはいいねの数が増えるわよ」
　と、車から降りて早速スマホで撮影している二乃ちゃん。
「まずは部屋に荷物を置いてからランチだねー。歌鈴ちゃんと親友ちゃんは何食べたいかなー？」
「わたしは頂けるものはなんでも頂きますのでお気遣いなさらずに！」
　なんかどっかで聞いたことのあるセリフのような……。
「名村様に同意でございます」
　……うん、若さんが前に言ってたよね。
「みんなで食べれるなら私もなんでも嬉しいです」
「じゃあ、このホテルでも一番人気のビッフェのお店にしよーか。ケーキの種類も豊富みたいだからさ？」
「はい。それは楽しみです！」
　主食と別腹の配分を考える二乃ちゃんと一緒に喜んだ。
　荷物を抱えてホテルの入口まで歩いていると。
「歌鈴。俺が持つよ」
「あ、ありがとう。重いのに……」
　すっと蓮くんが荷物を持ってくれたおかげで右手が軽くなった。
「いいよ。このまま俺の部屋に運ぶから」
「え？　俺の部屋って……!?」
「客室にはジェットバスやサウナもあるって」
「ち、違うよ蓮くん……私はそんなこと聞いてるんじゃなくてっ……」

「心配しなくても露天風呂もあるけど？　一緒に入る？」
「もうっ……！」
　蓮くんはイタズラっぽい瞳でクスッと笑った。
「お喜びのところ申し上げにくいのですが、お部屋はひとりひと部屋をご用意させて頂きました」
　……と、先頭を歩くカイルさんが沈んだ声で蓮くんに告げた。
「あははっ。残念だねー？　そもそも俺がお前を歌鈴ちゃんと同じ部屋にするとでも思ったのー？」
「思ってない。だからありがたく歌鈴の部屋は荷物を置く部屋にさせてもらう」
「……お前、感謝の気持ちはどこいったんだよ」
　洗練されたゴージャスなロビーでカードキーを受け取り、みんなでエレベーターへ乗り込んだ。
　荷物を置いたら、ビュッフェのある階に集合ということになったんだけど。

「れ、蓮くん……近くない？」
　現在私はホテルの部屋にやって来たところ。
　ビュッフェの前に少し休憩しようと思ったのに、それどころじゃない……。
　贅沢なくらい広くて、大きなベッドもあって。
　アンティーク調の家具が並ぶオシャレなこの部屋からは、白銀の世界を眺められるっていうのに、蓮くんはまるで興味なし。

「これでも遠慮してんだけど」
　到着するなりずっと私の顔を見つめている。
「遠慮って……言わないと思うんだけど……」
　室内のドアの前には、今もメジャーを手にした若さんがこちらに身体を向けて立っている。
「やっとふたりきりなのに？」
　蓮くんの中では若さんはいないものとして扱ってるらしい……。
　広々とした部屋の造りのおかげか、ここには壁があって、若さんからは見えない位置だ。
　オマケに、隣に用意された部屋には、本当に私達の荷物を置いているし……。
「普通に考えて無理だと思うんだよね」
　淡いブラウンの瞳は私を見つめたまま。
「無理……って？」
　そっと聞き返してみれば、
「歌鈴と一緒に風呂とか、欲情するなってただの拷問じゃない？」
「……欲情って！　またそんなこと言うんだからぁ！　一緒に入るなんて、私は一言も……っ」
　どこまでも発言が自由すぎるよぉ……。
「入んないの？」
　なのに、当然入ることを前提にした口調に、私は顔から湯気が出そうになる。
「当たり前でしょっ！」

一緒にって、もう子供じゃないのに！
　とんでもないことを真顔で言い出すから、いよいよ汗でもかきそうになる。
「そ、そろそろビュッフェのフロアに行かなきゃ……」
　これ以上ここにいるとホントに危ないかも……。
「歌鈴に言っておきたいことあるんだよね」
　だから待って、と私の腕を軽く掴んだ。
　ドキッ……。
　私は一瞬静かに凍りつき固まった。
　ついに留学のことを蓮くんから切り出されると思ったから……。
「れ、蓮くん……っ」
　大きなソファーに腰かけて固まる私を、蓮くんがそっと自分の方へ引き寄せた。
「いつ言おうか考えてた」
　その言葉に、いよいよだ……と、ゴクリと固唾を呑む。
　真剣味を帯びた瞳で、私の頬を両手で包み込んだ。
　まるで、これからキスでもするみたいに。
「俺——」
　絞り出した声に、ドキンドキンッと心臓が高鳴る。
　そして……。
「今めちゃくちゃお前にキスしたい」
「……っ!?」
　き、き、キス……!?
　私の緊張は違うものへと変わった。

張り詰めた力はすぐに抜けていくけど、あわあわと動揺しちゃう。
「歌鈴が足んなくてもう限界なんだよね」
「あっ、ちょ……ちょっと……」
　驚きすぎて、反論さえ出来る余裕もなくなってしまう。
「可愛いお前が目の前にいんのに、それも我慢しろとか言うわけ？」
「ダメぇ……若さんが、すぐそこに……！」
「無理。限界。なんならもう雪山に埋められてもいい」
　ダメダメ……っ。
「凍死しちゃうでしょ……っ、なに言って……」
「キス出来ないほうが死にそう」
　大胆な蓮くんは、若さんが「お嬢様？」と呼んでいるのも聞こえないふりをして……。
「……っ」
「可愛い」
　動揺して真っ赤になった私の唇を塞いだ。
　ホントにされると思わなかった。
　蓮くんの甘いキスに溶けそうになって、引き寄せられた肩が熱くて、目眩が起きそうになる。
　嬉しくて、少し恥ずかしくて。
「お嬢様ー？　そろそろ皆様がお集まりに――」
　ひょこっと顔を覗かせて呼びにきた若さんの声に、弾けるように顔を上げた。
「は、はい！　今行きます……っ！」

きっと私、今すごく変な顔してる……っ。
「そんなに慌てることはございません。ゆっくり参りましょうか」
　　若さんの声に、何事もなかった顔をして蓮くんは立ち上がる。
　　涼しい顔で、口角を上げた。
「夜はこんなもんじゃ済まないから、覚悟して？」
　　すっと耳打ちされて、「きゃっ」と小さく甘い悲鳴を漏らす。
　　前を歩く若さんがそれを聞き逃すはずもなく……。
「ほーお？　適切な距離が未だにわかりませんか？」
　　ゲッ……。
　　ついにメジャーを持った若さんが蓮くんをじっと睨んでいた。
　　助かったといえば助かったけれど……。
「俺、花婿だよ？　それでもダメ？」
「まだ、花婿ではありませんよ？　入籍をしたわけではございませんからね！」
「はいはい。相変わらずド厳しいね、若さんは」
「当然です。わたしの主は旦那様でございます。ですから、ご心労をおかけしないようしっかり目を光らせておく必要が――」
「あ。歌鈴このケーキ好きそう」
「……」
　　ビュッフェのパンフレットを広げて全く聞いちゃいない

蓮くんに、若さんの目が白目をむく寸前だった……。

「さすが人気ビュッフェだね。人だらけ……」
　お昼時ってこともあり、ビュッフェは満席に近い状態だ。
「歌鈴ちゃんこっちーこっちー。ついでに青葉蓮の席も用意してあげたよー」
　理人先輩のはからいで予約された席に通された。
「ありがとうございます！　助かりました。もうお腹ペコペコだったから」
「俺も。親友ちゃんと好きな物とっておいでー。限定ローストビーフもあるからさ」
　限定!?と飛びついたのは二乃ちゃんだ。
　お言葉に甘えて、私も小走りで向かう二乃ちゃんと一緒にローストビーフを頂くことにした。
　目移りしちゃいそうなくらい美味しそうな料理が並んでいる。
「蓮くん、色々持ってきた……よ？」
　二乃ちゃんと席に戻ると、またもや不穏な空気が……。
　今度はなにごと……？
　若さんとカイルさんを見れば、ふたりして頭を左右に振っている。
「俺は幼稚舎の頃からスキー教室に通っててお前よりは経験があるからねー？　だから歌鈴ちゃんには俺が教える。わかったー？」
「アンタに任せらんない。歌鈴に怪我させかねないだろ」

「は？　お前に任せた方が溜め息ばっかついて危なっかしいんじゃないのー？」
「そんな心配いらないからひとりで滑ってな？　長距離コースあるみたいだから、そのまま戻ってこなくていい」
「……くっそ。雪ん中埋めてやりてぇ」
　また喧嘩!?
　これじゃあ、このあとゲレンデに行こうって話していたのにそれどころじゃないかも……。
　二乃ちゃんに助けを求めようとしたんだけど、
「若さん、これ、わたしの気持ちです……」
　二乃ちゃんは、目の前でバトルが繰り広げられているというのに、自分の限定ローストビーフを差し出すほど若さんに夢中だった……。
　奇跡的に、ふたりの喧嘩はそれ以上炎上することはなく、無事にランチを食べ終えた。
　そろそろロビーへ移動しようとしたその時。
「青葉様。ゲレンデへ行かれる前に、少しよろしいでしょうか？」
　若さんが蓮くんに声をかけた。
「なに？　さすがにゲレンデでプロポーズはしないけど」
「……」
　わたしは大歓迎！と二乃ちゃんがはしゃいでいる。
「いえ、旦那様に認められた青葉様に、僭越ながらわたしからプレゼントをご用意させて頂きました」
「そんな気遣わなくていいのに」

蓮くんは少し驚きつつも笑みを浮かべた。
　若さん、なんだかんだ言って蓮くんのことを応援してくれているみたい。
「わたしがどうしてもプレゼントさせて頂きたいのです。遠慮は無用でございますよ」
　そう言って、若さんは蓮くんに包装された四角い物を差し出した。
　蓮くんはどこか嬉しそうに包み紙を開けた。
　パサッ……。
「若さん？　こ、これって……」
　思わず私は呟いた。
「はい。先月発売となりました社内一不人気の旦那様の新刊でございます。青葉様は既刊を熱心に読まれておりましたので、新しいものをと思いました」
「……」
「ご安心ください。わたしはまだ一度も目を通していない新品でございます」
　蓮くん……パパには絶対言えないだろうな。
「若さんって、本当に優しいんですね！」
「いえいえ。わたしからのささやかなお気持ちです」
　このふたり、もしかして発想が似てるんじゃ……。

　ビュッフェ会場を出て、ロビーに移動した私達はスキーウェアをレンタルすることにした。
「お嬢様、わたしのように色の濃い物をお選びください」

「……」
　もごもごとした口調で声をかけてきたのは、全身黒一色に身を包んだ若さんだ……。
　スキーゴーグルとフェイスウォーマーで顔面が覆われている。
　最早誰だかわからない……。
　すご……と隣にいる蓮くんが呟く。
　これじゃあ、声を聞かないと若さんだって絶対わからないでしょ……。
　そして、私は少しの間悩んだけれど、ピンクのスキーウェアをレンタルした。
「似合ってんじゃん」
「そ、そうかな……っ」
　蓮くんがこれがいいんじゃないかって選んでくれたから。
「ねっ！　歌鈴！　この色どう!?」
　二乃ちゃんは赤を選んだみたい。
　髪はツインテールにヘアアレンジして、ニット帽(ぼう)がとてもよく似合っている。
「うん！　すごい可愛いよ、二乃ちゃん！」
「違うわよ！　可愛さよりも目立つことが重要なの！」
「は、はい？」
「若さんに見つけてもらえるために選んだの！　赤って、危険を連想させる色だから目立つじゃない？」
「……あ、そう」

可愛いのに、危険な色って……。
　もっと奇抜な赤はないかと探していた二乃ちゃんだったけれど、
「ぎゃあぁぁぁ──!!」
　突如、女子とは思えない雄叫びをあげた……。
「どうしたのっ、二乃ちゃん!?」
「あ、あれを見て!!」
　あれ!?
　二乃ちゃんが震える指で「ほら！」と示す方向を辿った。
　あれとは、真っ黒なスキーウェアにゴーグルをつけた若さんだ。
　さすがの二乃ちゃんも若さんだとは思わなかったのか、不審者にしか見えない若さんに悲鳴をあげている。
「二乃ちゃん、あれはね……」
「……なんて素敵なの！　若さん！」
「……いや、なんでわかるのよ」
　この格好で若さんだと気づく二乃ちゃんはさすがすぎるよ……。
「わたし、若さんが放つ空気でわかっちゃうの……だから運命としか言いようがな──」
　やっぱり二乃ちゃんは可愛いけれど、ちょっとよくわからない。
　スキーゴーグルよりも酸素マスクが必要な二乃ちゃんとともに、ゲレンデへと向かった。

「広っ！　これじゃあ１日では制覇出来ないわねぇ……」
「ほ、ほんと。迷子になりそうなくらい」
　白銀の樹氷の向こう側には大きなスキーリフトもある。
　ゲレンデはキラキラと光って眩しい。
　１日では滑りきれないくらいの広さだ。
「歌鈴ちゃんはどのコースがいいかなー？」
　爽やかなブルーのウェアを着た理人先輩は、スキーの板を担いでいる。
「えと……子供の頃以来なので、まずは初級者コースから行ってみようかなって」
「それなら、俺がサポートするから任せて？」
「で、でも……」
「ふたりで特訓しようよー？　ねっ？」
　理人先輩がウインクを飛ばしたその時。
「みんなで行けばいいんじゃない？」
　舞い込んできたのは蓮くんの声だった。
「青葉くんいいこと言うわね。わたし、若さんがいないとひとりじゃ滑れないから困ってたし」
「わたしも賛成でございます。お嬢様からは片時も目を離すわけにはいきませんので。そしておふたりにはくれぐれも適切な──」
　驚いた……。
　まさか、ここで蓮くんがそんなことを言うとは思わなかった……。
「……調子狂うって」

これには理人先輩もお手上げらしく、私達はみんなで初級者コースへと向かった。
「歌鈴これやろうよ！　スリルあって超楽しいから！」
「うん！　って……二乃ちゃん、それキッズ用じゃ……」
　移動した場所でスキーのリハビリをしている間に、二乃ちゃんはソリで遊んでいた。
　しかも赤いソリ……。
　そのあと私は隣のコースへ行って何度か滑ってみた。
　うん、感覚も戻ってきたかも！
　あまり高斜面なところは厳しいけれど、こうやって身体を動かすのは久しぶりだし、気持ちがいい。
　冬休みに入ってからは花嫁修業の課題が山積みで、ほとんど外出もしていなかったから。
「歌鈴楽しい？」
「きゃっ……!!」
　シュッと私の真横に滑り込んできた蓮くんに、目を見張った。
　わあ……。
　蓮くん、すごくカッコいい……。
「さっきから見てるけど、ぎこちないんじゃない？」
「……だ、だって、久しぶりなんだもん」
　スピードが出すぎたら、少し怖い気持ちもあるし……。
「怪我なんかしたら花嫁修業どころじゃないだろ」
　フッと笑った蓮くんの笑顔が眩しくて、胸が高鳴った。
「だから俺が教えてあげる」

スキーゴーグルを外した蓮くんが、私の手を絡めとる。
「今日は花嫁修業のことは忘れて楽しみなよ」
　優しい蓮くんの表情に見惚れて、胸がキュンッと音を奏でる。
「うん……ここに来れたのも、楽しいのも、蓮くんのおかげだよ。私のために理人先輩に提案してくれたんでしょ？」
「みんなが一緒の方が、歌鈴は喜ぶだろ？」
「ありがとう……すごく、嬉しい……」
　じーんと感動して静かに鼻を啜った。
「じゃあ毎年来る？」
「毎年……？」
「そう。結婚記念日には旅行して、歌鈴との思い出増やす」
　思い出……と口の中で繰り返した。
　今度は胸が甘く締め付けられる。
　嬉しいのに、脳裏を過ぎったのは蓮くんの留学のことだったから……。
　どれくらい留学するのかもわからない。
　言いようのない不安が押し寄せてくる。
「歌鈴？　危ないからこっちおいで」
　コースを滑る人々から避けるように蓮くんは私の手をひいた。
　うんと頷いて、蓮くんの手をギュッと握り返した。
　離れてしまわないように、少しだけ強く。

「皆様、出来るだけ急いで戻りましょう。強さを増すと危

険でございますから」
　山の天気は変わりやすいとは聞いたことがあるけれど、夕方に近づくに連れて吹雪始めてきた。
　若さんの呼びかけに、名残惜しいけれど、ゲレンデからみんなでホテルへと戻ることにした。
「……あれ？　どこいっちゃったんだろ」
　そこで私はスキーゴーグルがないことに気づいて、足を止める。
「どしたのー、歌鈴？」
「ないの……スキーゴーグルが。忘れてきたかも……」
「えー!?　そういえば、リフト乗ってる時はつけてなかったかも！」
「あっ、そうだ！　暑くて一度外しちゃったから……」
　みんなでジグザグコースで遊んでいる時だ。
「わかった！　わたし、みんなに伝えてくるわ！」
「ううん！　大丈夫！　すぐ取りに行くから」
　それに、蓮くんや若さんに知られたら、自分が探しに行くって言い出すかもしれない。
「二乃ちゃんは先にみんなについてって？　私もすぐに行くから！」
「ちょっ、歌鈴……!?」
　不安げに私を見る二乃ちゃんに笑顔を返して駆け出した。
　大丈夫。
　リフトだってまだ動いている。

風もそこまで強く吹いていない。
　私はひとりリフトに乗り込んで、さっきまで滑っていたコースまで戻った。
「……あれ。ここで外したはずなんだけど」
　ほとんど人の姿はなくなっていたから、急いでゴーグルを探す。
　だけど、それらしきものは見当たらない。
　もしかして、あっちに転がっちゃった？
　樹氷の合間を縫うように進んで、目を凝らす。
　……ダメだ、どこにもない。
「……わわっ!!」
　突然、風がビュンビュン吹きつけた。
　とても目を開けていられない。
　冷たい雨みたいなものが顔中を刺す。
　これは吹雪だ……。
　も、戻らなきゃ……やばいかも。
「えっ……」
　だけど、その時にはもう遅かった。
　やっとの思いで顔を上げたけど、どこから来たのかわからない。
　嘘……でしょ？
　足跡さえ消えていて、完全に方角を見失った……。
　どうしよう……。
　次第に夜に近づいて、辺りはもう暗くなっている。
　吹雪が頬にぶつかって、この場所で目を開けているのも

辛いくらいで……。
　途端にとてつもない不安に襲われる。
　お……落ち着かなきゃ……。
　ママが言ってたもん。
　どんな時でも冷静にって……。
　今立っているこの場所は斜面になっていて危ない。
　しっかり目を開いて周辺を見渡した。
　あそこ、道になってる……？
　視界は悪いけれど、少し下ると平らな道になっている場所を見つけた。
　……よしっ。
　ここにいるより下まで降りた方がいいよね。
　私は雪の上に手とお尻をついて、ゆっくり慎重に降りていった。
　だけど、この道がホテルに繋がっているのかもわからない。
　どこへ向かって歩けばいいのかも……。
　寒さが体力を奪っていくって、こういうことだ。
　手袋をしていても、スキーウェアを着ていたって手足の感覚はなくなっていく。
　ふらふらする身体で木の下に座り込んだ。
　みんな心配してるかな……。
　もしかしたらもうパパの耳に入って、今頃血相を変えているかもしれない。
　……蓮くんだって。

身体を縮めたその時、キラリと光る何かが視界で揺れた。
　パッと顔を上げれば、細いライトがこちらに照らされている。
　同時に、雪の上を滑るような激しい音が響いた。
　誰……？
　ものすごい勢いで私の元に走り込んできた。
「……やっと見つけた」
　焦った声と同時に照らされたライトに目を焼いて、ゆっくりと瞼を開いた。
「……え？　蓮、くん……？」
　ハァッ、と肩で苦しそうな呼吸をした蓮くんが立っている。
「よかった……無事で」
　夢かと思って動けずにいる私を、ガバッと思い切り抱きしめた。
「……どうして……？」
　こんな、誰も気づかない暗い場所に。
「……名村が泣きそうになって、教えてくれて」
　はぁっ、と大きな息を吐き出した。
「……死ぬかと思った。歌鈴が帰ってこねぇから」
　心臓止まる……と、蓮くんは私を確かめるように強く強く抱きしめた。
「もう大丈夫だから」
　安心感を与える優しい蓮くんの声。
　その瞬間、目頭は一気に熱を持ち、堪えようと思っても、

堰を切ったように涙が溢れ出した。
「……ご、ごめん……なさいっ……」
　蓮くんの胸に顔を押し付ける。
「財布や電球忘れたり、お前はたまにドジだからな」
　クスクス笑う蓮くんにドジなんて言われているのに、それが堪らなく嬉しくて、涙は止まることなく零れていった。
「歌鈴立てる？　ここにいたら凍死するから」
「……う、うん！」
　いつまでもこんな真っ暗な雪道にいたら大変だ。
「たぶんあれ山小屋かも。あと少し頑張れる？」
　ライトをぐるぐる照らした蓮くんに強く頷いて、腰を上げた。
「蓮くん……っ、あれかな!?」
「そう。頼むから空いててくれよ」
　お互いの声も聞き取るのが精一杯。
　吹雪いた雪道を歩いて、なんとかボロボロの山小屋の中に駆け込んだ。
　どこかの管理事務所みたいだし、勝手に入ったら怒られるかもしれない。
　だけど、今はおかげで九死に一生を得た。
「もっと奥に座りな。ここだと隙間風入ってくる」
「うん……っ」
　天井からぶら下がるライトは小さいけれど、しっかりと明かりをともした。
「大丈夫か？　歌鈴、手見せて？」

蓮くんは中に入るなり私を座らせた。
「真っ赤だな。痛む？」
　自分の頭に乗った雪を払うこともなく、私の手袋をそっと外した。
「平気……」
「どっか怪我してない？」
　私の手を擦りながら、「ん？」と顔を覗いてくる。
「……っ」
　真剣な表情で、心配そうな声で、優しく私に触れる。
「いつもいつも……蓮くんは、私のことばっかり……」
　もっと自分のことを心配していいのに。
「当たり前でしょ？　俺はずっと歌鈴のことしか考えてないから」
　なに言ってんのって、蓮くんが笑う。
「せ、せっかく……今日、蓮くんが、私のためにって……旅行……」
　泣きそうになるのをぐっと堪える私を、蓮くんはずっと相槌を打ちながら見つめてくれていた。
「貴重な経験出来てよかったんじゃない？　なんて言ったら圭吾さんに花婿失格とか言われそう」
　鬼の形相をしたパパを蓮くんも想像したのか小さく吹き出した。
「音無家のお嬢様が、こんな山小屋に入ることなんてまずありえないだろ」
「……うぅっ」

「でも、これも歌鈴が無事だったから言えることだけどな？」
　蓮くんが来てくれなかったら私は今頃……。
　考えただけで恐ろしい……。
「だいたい、歌鈴が遭難してるってのに俺が黙ってホテルにいるわけないでしょ」
　ぼんやりとしたライトに照らされた蓮くんの瞳が穏やかに緩む。
「それに、圭吾さんが誰よりも歌鈴のウェディングドレス姿見たがってんだから。お前が無事なら俺はもうそれでいいよ」
　極度の心配性なパパのことも、蓮くんはこうやって大切に思ってくれている。
「やっぱり今の嘘」
「……嘘？」
　って、どこが嘘なの蓮くん!?
　すると、蓮くんの大きな手が私の凍てついた頬に滑り込んだ。
「歌鈴を溺愛して止まない圭吾さんには悪いけど、誰よりも俺が見たい。お前のドレス姿」
　フッとイタズラな瞳をした蓮くんに、冷えた身体は熱を取り戻していく。
「で、でも、このままここにいて、大丈夫かな……」
「名村と若さんが今頃チームフル出動させてくれてるはず」
「……わ、若さん。今頃青ざめてるかもしれない。自分の

せいでって思っちゃう人だから……」
　二乃ちゃんも、ひとりで行かせなきゃよかったって思っているかもしれない。
　もし私だったら、きっと後悔してしまうから。
「あのふたりは歌鈴のことが大事だから。お前が部室に閉じ込められた時もそうだったろ？」
「うん……二乃ちゃん、看板に私の写真を貼ってて。ふふっ」
　ハロウィンパーティーの時のことを思い出して、思わず口もとが緩んだ。
　そんな私を、淡い笑みを浮かべた蓮くんが見つめていた。
「そうやって、歌鈴はちゃんと愛されてる」
「うん……」
「だから、大丈夫だよ」
　蓮くんの真っ直ぐな声に、耳を傾ける。
「支えてくれる人はそばにいる。歌鈴はひとりじゃないから。俺が留学しても」
　え……？
　優しい顔で言われたその言葉に、たちまち胸が苦しくなった。
　まさか、今ここで留学のことを切り出されるとは夢にも思わなかったから。
「蓮くん……やっぱり、留学するんだね」
　絞り出した自分の声が震えていた。
「歌鈴を守れるような男になりたいからね。圭吾さんがそうしてきたみたいに」

瞳を煌めかせる蓮くんは、とても頼もしくてカッコいい。
　それなのに、私はいつまでも後ろ向きなままじゃいけない。
「私……パパ達の会話を聞いてから、ずっと蓮くんに聞きたくて」
「知ってる。俺の部屋にあんな遅い時間に来た理由って、それだったんでしょ？」
　そっか……。
　蓮くんには、とっくにお見通しだったんだね。
「本当は、ずっと寂しくて……」
　まだ離れてもいないのに。
「だけど、蓮くんを支えたいから。だから……その時は、行ってらっしゃいって笑顔で送り出されるような人になりたくて……」
　鼻の奥がツーンと痛い。
　言葉とは裏腹に、さっき止まったはずの涙が、ポロポロと再び溢れてくる。
「でも、どうしたらいいかわからなくて。こんなんじゃ、今のままじゃダメなのに……」
　花嫁修業をしても、すぐには強くなれなくて。
　全然、ダメで……。
　これじゃ花嫁失格で……。
「じゃあ俺は？」
「え……？」
　ふと顔を上げた私を、蓮くんの手がそっと抱き寄せる。

優しさを宿した瞳を見つめ返せば、
「俺と一緒に生きてくれたらそれだけで幸せだとか思ってる俺はどうすんの？」
「……っ」
「こんな本音言ったら、甘えるなって俺が琴子さんに投げ倒されるかもしんないよ？」
　胸がいっぱいになる。
　ずっと不安だった気持ちも、蓮くんが消してくれる。
　私からも何か言いたいのに声にならなくて。
　そんな私の頬を持ち上げて、「歌鈴」と名前を呼んだ。
「歌鈴が完璧な花嫁になるよりも、いつもみたいに笑って、今みたいに泣いてくれた方が俺は嬉しいんだよね」
「……私も……っ、蓮くんが一緒なら、どんなことも乗り越えていけるって思う……」
　それでも蓮くんが留学したら、寂しくて泣いちゃう日もあるかもしれない。
　でも、きっと私達は大丈夫。
「うん。でも今は離れた方がいいと思うんだけど」
「……え!?」
　たった今、気持ちを確かめ合ったと思ったのに……!?
「圭吾さんに言われたことならなんだって守るけど、これは不可抗力じゃない？」
　意味がわからずに瞬きを繰り返した。
「可愛い歌鈴が泣きながら俺に抱きついてんだよ？」
「……きゃあっ!!　蓮く……っ」

「俺の我慢なんて、歌鈴を前にしたら脆いもんだよ」
　吐息混じりの甘い声が鼓膜を震わせる。
　目を見開いた瞬間、すぐに蓮くんのキスが降ってきた。
「んっ……」
　ギュッと力を入れて小さく声を漏らせば、クスッと蓮くんが笑った気配がした。
「待って……っ」
　お願い、と薄く目を開いて蓮くんを見上げる。
「もっと。ダメ？」
　艶っぽい声で囁かれたら、ダメなんて言わるわけもなくて。
　ただ、恥ずかしくて……。
「……可愛すぎてムカつくな」
「っ!?」
　息継ぎをする蓮くんにこの上なくドキドキして、心臓がおかしくなりそうだ。
「ここが俺の部屋じゃなくてよかったね？」
「なっ……」
「我慢なんてきかないから」
　今度はもっと深いキスをされて、息があがりそうになる。
　夢中になって、蓮くんに抱きついたその時だった。
　——バンッ!!
「お嬢様あああ……!!」
　ドアを破壊する音と泣き叫ぶ若さんの声が同時に飛び込んできた。

「……わ、わ、若さん!?」
　ドタドタと山小屋の中に入ってきたのは、若さん率いる音無家の戦術チームで……。
「あ、これチームGまでいるんじゃない?」
　なんて、蓮くんは呑気に言ってのける。
「お嬢様っ!!　お怪我は……っ、お怪我はございません……か……?」
　スキーゴーグルをぶん投げて、私の前に崩れ落ちた若さんだったけれど、その視線はすぐに密着している蓮くんに向いた。
「……貴様。お嬢様に何をしたぁぁぁ!?」
「なにって、キス?」
　や、やばい……!
　ヒヤッとして、慌てて蓮くんから離れたけれど、若さんが氷から火に変わっていた。
「今すぐ樹氷の裏に貴様の墓穴を掘ってやろう。最後に言い残すことはないか?」
「歌鈴と一緒なら喜んで入ってあげるよ?」
「……」
　も、もう……!
　蓮くんと若さんは、まだしばらくは犬猿の仲が続くみたい……。
　色んなことがあった旅行だけど、蓮くんの言うように、きっと一生忘れられない思い出になると思うんだ。

「えぇ──!?　留学は、大学を卒業してからの話……!?」
　無事に音無家に帰ってきた私は大声をあげた。
「そうよ？　最初からそのつもりで蓮くんにも話をしてあるのだけど？」
　どうしたの？と、ママがキョトンと小首を傾げる。
「う、嘘……」
「んもうっ、歌鈴ってば、なーに大きな声出してるのよ！　修業前の発声練習？」
　レスリングの練習ならママが……とぶつぶつ言っているけど、驚きを隠せない。
「だ、だって……」
　蓮くん、そんなこと一言も言ってなかったし！
「若さん……！　若さんも知ってたんですか……？　留学は大学卒業後だって……！」
「もちろんでございます」
「へっ？　じゃ、じゃあ全部私の勘違いってこと!?」
　思い返してみれば、パパとママの会話は途中から聞いたし……。
「青葉様は留学なさいますが、最初からお嬢様を連れて行く、と仰っておりましたから」
「私を……？」
「はい。ですからお嬢様が悲しまれているのは、てっきりわたしと離れる未来をお考えになり寂しさを覚え──」
　私は、パパとソファーに座る蓮くんの元へ駆け寄った。
「……蓮くんっ。すぐに留学するわけじゃなかったって、

ホント!?」
「そうだけど?」
　あまりにもあっさり答えるから拍子抜けする。
「そうだけどって……えっ? だったら、昨日……山小屋で話してくれても……」
　言いかけている途中で、蓮くんが静かに立ち上がった。
「俺が歌鈴を置いてくわけないだろ?」
　で、でも……パパは仕事の時は若さんが怯えるほどの鬼で。
「パパが許してくれるわけが……」
　口をもごもごさせながら、パパを見る。
　大好きなドラマの再放送に夢中で、私と蓮くんの会話は聞こえていないみたい。
「それを許してもらえるような大人になるよ」
　私を見つめるブラウンの瞳は、もっと先の未来を映しているように見える。
　私は、蓮くんに目を奪われた。
「それに、歌鈴と離れるとか俺が無理。息出来ない」
「……私も、やだ」
　ものすごく小さな声で呟くと、こっちを見た蓮くんが口角を上げて笑みを浮かべる。
「なにそれ。反則じゃない?」
「……ホントの気持ち、だもん」
「ふーん」
「な、なに……?」

「別に？　ただ、大人になったら我慢出来るようになるとか言うけど、嘘だなって思って」
「……え、と？」
　独り言みたいに漏らした蓮くんに首を傾げる。
「可愛い花嫁さんが家で待ってんだよ？　我慢なんてきかなくて当たり前だよね」
　そして、私の耳元に唇を寄せた蓮くんは、
「──だから、これ以上可愛くなるなよ？」
　とびきり甘い言葉を囁いた。
　花嫁修業も大変だけど、花嫁さんになった後は、もっともっと大変みたいです。

fin.

あとがき

こんにちは。言ノ葉リンと申します。
『花嫁修業のため、幼なじみと極甘♡同居が始まります。』をお手に取って下さり、ありがとうございます。
ふたりの同居物語はいかがでしたでしょうか？
とにかくひたすら溺愛されたい！と、日々夢を見ている私の理想やシチュエーションをたくさん詰め込んだ作品となっております。

本編にて蓮sideを追加し、歌鈴を溺愛する蓮くんの過去を皆様にお届け出来たかなぁと思います！
蓮くんと歌鈴の甘いシーンにドキドキ、キュンキュンしてもらえたり、若さんをはじめとする愉快な仲間たちとの日常生活に少しでもクスッと笑ってもらえたら、作者としては幸せであります。

私自身、小さな頃に花嫁修業というものに憧れておりました。
今となってはあまり聞かない言葉かもしれません。
私の母は優しくもあり、時には物凄く厳しくビシバシとしごかれ、『ウチの母はなんて鬼なんだ！』と、泣きながら母の靴の裏にガムをくっつけたことがありました。（笑）
大人になった今となっては、そんな母の教えは大切だっ

たんだなと思えます。

　久しぶりに執筆をしましたが、恋するヒロインを書くのはやっぱり楽しいです。
　"何事も諦めないで頑張る女の子"は、私の永遠のテーマかもしれません。
　楽しく執筆が出来るのは、いつも温かく見守ってくださる読者様のおかげです。

　話は変わりますが、カバーイラストがこの上なく可愛すぎませんでしょうか？

　最後になりましたが、この作品に携わって頂いた全ての皆様、支えてくださった担当様、本当にありがとうございました。
　宝物が、またひとつ増えました。
　これからも皆様が「面白かった！」と笑顔になってもらえるような物語を書いていきたいと思います！
　最後までお読みくださり、ありがとうございました。

　ありったけの感謝と愛を込めて。

2021年4月25日　言ノ葉 リン

作・言ノ葉リン（ことのは　りん）
ハワイに行きたい北海道出身の女子。好きな食べ物は母の作ったスイーツ。特にケーキ。趣味は読書とライブへ行くこと。今後の目標はたくさん物語を書くこと。『好きなんだからしょうがないだろ？』で書籍化デビュー。近刊は『今日もキミにドキドキが止まらない』、『S級イケメン王子に、甘々に溺愛されています。』（すべてスターツ出版刊）。

絵・久我山ぽん（くがやま　ぽん）
岐阜県出身、9月生まれの乙女座。締切明けの一人カラオケが最近の楽しみ。2018年漫画家デビューし、現在はnoicomiにて『1日10分、俺とハグをしよう』（原作：Ena.）のコミカライズを担当している。

ファンレターのあて先

〒104-0031
東京都中央区京橋1-3-1
八重洲口大栄ビル7F

スターツ出版（株）書籍編集部 気付
言ノ葉リン 先生

この物語はフィクションです。
実在の人物、団体等とは一切関係がありません。
一部、喫煙に関する表記がありますが、
未成年の喫煙は法律で禁止されています。

KEITAI
SHOUSETSU
BUNKO
SINCE 2009

花嫁修業のため、幼なじみと極甘♡同居が
始まります。

2021年4月25日 初版第1刷発行

著 者	言ノ葉リン
	©Rin Kotonoha 2021
発行人	菊地修一
デザイン	カバー 百足屋ユウコ+しおざわりな
	（ムシカゴグラフィクス）
	フォーマット 黒門ビリー&フラミンゴスタジオ
DTP	朝日メディアインターナショナル株式会社
編 集	相川有希子
編集協力	本間理央
発行所	スターツ出版株式会社
	〒104-0031 東京都中央区京橋1-3-1 八重洲口大栄ビル7F
	出版マーケティンググループ　TEL03-6202-0386
	（ご注文等に関するお問い合わせ）
	https://starts-pub.jp/
印刷所	共同印刷株式会社

Printed in Japan

乱丁・落丁などの不良品はお取り替えいたします。上記出版マーケティンググループまで
お問い合わせください。
本書を無断で複写することは、著作権法により禁じられています。
定価はカバーに記載されています。

ISBN 978-4-8137-1077-6　C0193

読むたび何度でも恋をする…全力恋宣言！
毎月25日はケータイ小説文庫の日♥

心に沁みるピュアラブやキラキラの青春小説、
「野いちご」ならではの胸キュン小説など、注目作が続々登場！

ケータイ小説文庫　2021年4月発売

『極上男子は、地味子を奪いたい。①』 *あいら*・著

トップアイドルとして活躍していた一ノ瀬花恋。電撃引退後、普通の高校生活を送るために、正体を隠して転入した学園は、彼女のファンで溢れていて……！　超王道×超溺愛×超逆ハー！　御曹司だらけの学園で始まった秘密のドキドキ溺愛生活。大人気作家*あいら*の新シリーズ第1巻！
ISBN978-4-8137-1078-3
定価：649円（本体590円+税10%）

ピンクレーベル

『花嫁修業のため、幼なじみと極甘♥同居が始まります。』 言ノ葉リン・著

高校生の歌鈴は、超が付くお嬢様。イケメンの幼なじみ・蓮に溺愛される日々を送っていたある日、突然親の命令で未来の婚約者のための花嫁修業をすることに。しかも修業先は蓮の家。ドキドキの同居生活がスタートしたはいいけれど、蓮は「このまま俺の嫁にする」と独占欲全開で…？
ISBN978-4-8137-1077-6
定価：649円（本体590円+税10%）

ピンクレーベル

『イジメ返し2〜新たな復讐〜』 なぁな・著

高2の愛奈は、クラスメイトのイジメっ子・カスミたちから壮絶なイジメを受けていた。そんな愛奈は、同級生の美少女・エマからカスミたちへの復讐を持ちかけられる。なんとエマは、「イジメ返し」という名の復讐の遺志を継ぐ者だった――。復讐に燃える愛奈の運命は!?　大ヒットシリーズ、待望の新章！
ISBN978-4-8137-1079-0
定価：649円（本体590円+税10%）

ブラックレーベル

読むたび何度でも恋をする…全力恋宣言！
毎月25日はケータイ小説文庫の日♥

心に沁みるピュアラブやキラキラの青春小説、「野いちご」ならではの胸キュン小説など、注目作が続々登場！

ケータイ小説文庫　2021年3月発売

『同居中のイケメン幼なじみが、朝から夜まで溺愛全開です！』miNato・著

財閥のお屋敷でメイド生活をすることになった、女子高生の綾乃。そこで出会ったのは、子どもの頃に一緒に遊んだ女の子・チカちゃん。でも、実は男でイケメン王子へと成長した千景だった。「俺以外の男を3秒以上見つめるの禁止」と独占欲強めな溺甘王子から愛される毎日にドキドキ♡
ISBN978-4-8137-1062-2
定価：649円（本体590円+税10%）　　　**ピンクレーベル**

『保健室で寝ていたら、爽やかモテ男子に甘く迫られちゃいました。』雨乃めこ・著

高2の菜花が保健室のベッドで寝ていると、イケメン＆モテ男の同級生・夏目が現れた。そして、品行方正なはずの彼に迫られることに。最初は拒否していた菜花だけど、彼を知るたび気になりはじめ…。夏目も、真剣に自分と向き合ってくれる菜花に惹かれていく。そんな中、菜花にライバルが現れ…!?
ISBN978-4-8137-1064-6
定価：671円（本体610円+税10%）　　　**ピンクレーベル**

『勝手に決められた許婚なのに、なぜか溺愛されています。』碧井こなつ・著

高3の彩梅は、箱入りの超お嬢様。姉のふりをして、有名大学に通うイケメン御曹司・千里とお見合いするが、まだ高校生だと知られてしまい…!?　その後、2人は惹かれ合うけど、縁談は破談に…。彩梅には新たなお見合い話も出てきて!?　年上のイケメン御曹司との甘々な恋にドキドキが止まらない♡
ISBN978-4-8137-1063-9
定価：671円（本体610円+税10%）　　　**ピンクレーベル**

読むたび何度でも恋をする…全力恋宣言！
毎月25日はケータイ小説文庫の日♥

心に沁みるピュアラブやキラキラの青春小説、
「野いちご」ならではの胸キュン小説など、注目作が続々登場！

ケータイ小説文庫　2021年2月発売

『結婚がイヤで家出したら、モテ男子と同居することになりました。』夏木エル・著

祖父が勝手に見合い話を進めたことに反発し、家を飛び出した高1の仁葵。事情を知った完璧イケメンの同級生・狼が暮らす部屋に居候させてもらうことに。同居の条件は狼の恋人のフリをすること。ところが24時間、仁葵に溺甘な狼。これって演技？　本気？　仁葵の気持ちはかき乱されて…!?
ISBN978-4-8137-1048-6
定価：649円（本体590円+税10%）
　　　　　　　　　　　　　　　　　ピンクレーベル

『今日から私、キケンでクールな彼に溺愛されます。』ばにぃ・著

過去のトラウマから男子が苦手な高2の心優。偶然、イケメン不良・暁を助けると、お礼にと、おでこにキスをされる。その後、暁がクラスメイトだとわかり、近い距離感で接するうちに惹かれはじめる。だけど暁には彼女が…!?　不良と男子が苦手な美少女×悪魔のようなイケメン不良の恋の行方は!?
ISBN978-4-8137-1049-3
定価：649円（本体590円+税10%）
　　　　　　　　　　　　　　　　　ピンクレーベル

『芸能人の幼なじみと、内緒のキスしちゃいました。』みゅーな**・著

高2の依茉には幼なじみでモデルの理世がいる。理世は寂しがり屋で、マンションの隣に住む依茉の部屋に入り浸り。付き合っているわけではないのに、ハグやキスまでしてくる理世に、依茉はモヤモヤするけれど、素直になれず気持ちを伝えられないままで…。ちょっと刺激的なじれ恋にドキドキ♡
ISBN978-4-8137-1050-9
定価：649円（本体590円+税10%）
　　　　　　　　　　　　　　　　　ピンクレーベル

読むたび何度でも恋をする…全力恋宣言！
毎月25日はケータイ小説文庫の日♥

心に沁みるピュアラブやキラキラの青春小説、
「野いちご」ならではの胸キュン小説など、注目作が続々登場！

ケータイ小説文庫　2021年1月発売

『世界No.1総長に奪われちゃいました。』Neno（ネノ）・著

別離を経て、世界No.1暴走族「雷龍」の総長・詩優と再び結ばれた花莉。幸せな同居生活を送るが、ふたりの前に詩優の幼なじみで許嫁を名乗る葉月が現れる。一方、花莉にはライバルの暴走族「水鬼」の魔の手が迫っていて!?　スリルと溺愛から目が離せない、大人気総長シリーズ第2弾。
ISBN978-4-8137-1036-3
定価：649円（本体590円+税10%）　　　　ピンクレーベル

『チャラモテ彼氏は天然彼女に甘く嚙みつく。』小粋（こいき）・著

男子に免疫がない今宵は、高校入学早々、遊び人でイケメンの同級生・駆と付き合うことに。俺様なのに甘々で、ちょっとエッチな駆に毎日ドキドキの今宵。そんな中、駆の秘密を知ってショックを受けている今宵の前にモテ男が現れ…!?　俺様イケメン男子×天然小悪魔美少女の恋の行方は!?
ISBN978-4-8137-1034-9
定価：649円（本体590円+税10%）　　　　ピンクレーベル

『モテすぎ不良男子と、ヒミツの恋人ごっこ♡』香乃子（かのこ）・著

"地味子"の原田菜都は平凡な高校生活を過ごしていた。ある日、ひょんなことから学年で最強の派手グループに属する久世玲人の恋人にさせられてしまう。玲人に振り回される菜都。でも、時折見せる玲人の優しさに、菜都の胸は高鳴って…。ヒミツの恋人ごっこがいつしか甘い本物の恋に!?
ISBN978-4-8137-1035-6
定価：682円（本体620円+税10%）　　　　ピンクレーベル

ケータイ小説文庫 2020年12月発売

『闇色のシンデレラ』Raika・著

高校生の壱華は、義理の家族からいじめられて人生のどん底を生きていた。唯一の仲間にも裏切られ警察に追われる羽目になってしまった壱華。逃げているところを助けてくれたのは、闇の帝王・志勇だった。志勇からの溺愛に心を開く壱華だったが、そこにはある秘密があって——？
ISBN978-4-8137-1019-6
定価：693円（本体630円＋税10%）

ピンクレーベル

『こんな溺愛、きいてない！』碧井こなつ・著

アイドルのいとこ・鈴之助と暮らす女子高生・凛花のモットーは、目立たず地味に生きること。ところが、凛花の前に学校一のモテ男でモデルの遥が現れ、「鈴之助との同居をバラされたくなかったら、カノジョになれ」と強引に迫られる。突然のキスにバックハグ、遥の甘いたくらみの理由とは？
ISBN978-4-8137-1021-9
定価：649円（本体590円＋税10%）

ピンクレーベル

『溺れるほど愛してる。』＊あいら＊・著

「これから、末長くよろしくね」——。平凡女子の日和が、完全無欠な王子様の婚約者に!?　ヤンデレ御曹司との溺愛過多な学園ラブ他、独占欲が強すぎる幼なじみや、とびきりかっこいいクールな先輩との甘々ラブの全3作品を収録。大人気作家＊あいら＊が描く溺愛ラブいっぱいの短編集。
ISBN978-4-8137-1020-2
定価：704円（本体640円＋税10%）

ピンクレーベル

『屍病』ウェルザード・著

いじめに苦しむ中2の愛莉は、唯一の親友・真倫にお祭りに誘われ、自殺を踏みとどまった。そんなお祭りの日、大きな地震が町を襲う。地震の後に愛莉の前に現れたのは、その鋭い牙で人をむさぼり食う灰色の化け物"イーター"。しかもイーター達の正体は、町の大人たちだとわかり…。
ISBN978-4-8137-1022-6
定価：649円（本体590円＋税10%）

ブラックレーベル

読むたび何度でも恋をする…全力恋宣言！
毎月25日はケータイ小説文庫の日♥

心に沁みるピュアラブやキラキラの青春小説、
「野いちご」ならではの胸キュン小説など、注目作が続々登場！

ケータイ小説文庫　2020年11月発売

『お隣のイケメン先輩に、365日溺愛されています。』 みゅーな**・著

高校から一人暮らしを始めた杞羽は、入学式の日に迷子になり、同じ高校のイケメン・暁生に助けてもらう。これをきっかけに、たまたま隣の家に住んでいた暁生と"恋人もどき"な生活がスタート。そんな中、杞羽を溺愛する幼なじみが現れ…。モテ男な先輩と幼なじみから愛される胸キュンストーリー！
ISBN978-4-8137-1002-8
定価：649円（本体590円＋税10％）　　　　ピンクレーベル

『溺愛したがるモテ男子と、秘密のワケあり同居。』 ゆいっと・著

高2の小春は、親の転勤により知り合いの家に預けられることに。その家にいたのは、同じクラスの女嫌いイケメン・永瀬朔。そっけない彼が苦手だった小春だけど、距離が近づくごとに優しくなって…。「俺が小春を守るから」──クールなはずなのに独占欲全開の彼に、ドキドキしっぱなし！
ISBN978-4-8137-1001-1
定価：649円（本体590円＋税10％）　　　　ピンクレーベル

『学校イチ人気者の彼は、私だけを独占したい。』 nako.・著

高1の詩は、好きな先輩の下駄箱にラブレターを入れた…はずだったのに。間違えて学校イチモテモテな美少年、ミア先輩の下駄箱へ。恋愛上級者で一見チャラいミア先輩に振り回されながらも、彼の優しさに惹かれていって♡ ラブハプニング続出で、ジェットコースターのようなふたりの恋に目が離せない♡
ISBN978-4-8137-1003-5
定価：649円（本体590円＋税10％）　　　　ピンクレーベル

ケータイ小説文庫　2021年5月発売

『溺愛王子は地味子ちゃんを甘く誘惑する。(仮)』ゆいっと・著

高校生の乃愛は目立つことが大嫌いな、メガネにおさげの地味女子。ある日お風呂から上がると、男の人と遭遇！　それは双子の兄・嶺亜の友達で乃愛のクラスメイトでもある、超絶イケメンの凪だった。その日から、ことあるごとに構ってくる凪。甘い言葉や行動に、ドキドキは止まらなくて…？
ISBN978-4-8137-1091-2
予価：550円（本体500円+税10%）
ピンクレーベル

『超人気アイドルは、無自覚女子を溺愛中。(仮)』まは。・著

カフェでバイトをしている高2の雪乃と、カフェの常連で19歳のイケメンの颯は、惹かれ合うように。ところが、颯が人気急上昇中のアイドルと知り、雪乃は颯を忘れようとする。だけど、颯は一途な想いをぶつけてきて…。イケメンアイドルとのヒミツの恋の行方と、颯の溺愛っぷりにドキドキ♡
ISBN978-4-8137-1093-6
予価：550円（本体500円+税10%）
ピンクレーベル

『DARK & COLD ～月のない夜～ (仮)』柊乃なや・著

女子高生・瑠花は、「暗黒街」の住人で暴走族総長の響平に心奪われる。しかし彼には忘れられない女の子の存在が。諦めたくても、強引で甘すぎる誘いに抗えない瑠花。距離が近づくにつれ、響平に隠された暗い過去が明るみになり…。ページをめくる手が止まらないラブ&スリル。
ISBN978-4-8137-1092-9
予価：550円（本体500円+税10%）
ピンクレーベル

『君がすべてを忘れても、この恋だけは消えないように (仮)』湊祥・著

人見知りな高校生の栞の楽しみは、最近図書室にある交換ノートで、顔も知らない男子と交換日記をすること。ある日、人気者のクラスメイト・樹と話をするようになる。じつは、彼は交換日記の相手で、ずっと栞のことが好きだったのだ。しかし、彼には誰にも言えない秘密があって…。
ISBN978-4-8137-1094-3
予価：550円（本体500円+税10%）
ブルーレーベル

書店店頭にご希望の本がない場合は、
書店にてご注文いただけます。